刺角

上

黃端

目錄

第1話

收禍

哇……超大！
真有你的！上山跑個車也可以撿到蜘蛛！
嘿嘿……
我看這蜘蛛很特別，就順手帶回來了，
你看牠的頭上有兩根角，

真的……好像鍬形蟲……
我猜是突變種，
怎麼樣？
要接手嗎？
真的要讓給我嗎？
這麼特別的蜘蛛……
很酷吼？
要不是我室友反對，我就自己養了，
小何那傢伙……
沒想到他對蜘蛛這麼感冒，
先是嚇得要死，
最近還給我搞失蹤！
總之如果他搬走，我可就傷腦筋了。
噗哈！
……
幹嘛？
呃，

那好、小胖！
蜘蛛我就收下了。
對了，晚上箱子最好蓋緊。
這隻很會逃，有次還跑到我室友房間！
靠，沒怎樣吧？
應該沒有被咬，但是不知道被什麼扎了一下，
我這裡也被扎過，到現在還是又痛又癢的！
好吧，我會注意的。
還有，別叫我小胖啦！

嗚哇！好兇！
啪
竟然肢解了！
這幾天下來好像越來越殘暴……
角是不是變長了？
應該拍個照的……
又是殺戮時間嗎？
啊……是的。

對了，這樣直接帶回來，安全嗎？
嗯？什麼意思？
來路不明的野生動物
不是多少都有寄生蟲，
或是疾病之類的問題？
安~啦！這種蜘蛛是很常見的寵物，
大概是被棄養了，才會出現在山上。
只是……原來的主人……
為什麼不養了呢？
是不是生病了？
咦？
我在電視上看過，
感染那叫什麼來的？
身上會這樣長出怪東西。
不是嗎？
……

RRRRRRRRRRRRRRRR
哇啊！
嚇！
小胖？
嚇我一跳……
小胖？怎麼了？
喂？我聽不清楚，
你等一下、我到外面講。
……
哈囉，聽得到嗎？
有什麼事？

想請你過來一趟……
去你那邊？現在？
……
怎麼了嗎？你的聲音好奇怪！
什麼？很重要的事？那好吧！我現在出門。
……
咦？順便帶吃的？好……嗯……
待會見。
？
帶吃的？
……啊！

怎麼搞的！
力氣這麼大？
不會吧……
躲哪去了？
那種體型……
應該很好找才對……
呼哇……
別動!!
呃!?

注意腳邊！蜘蛛逃走了！
現在不知道躲在哪裡！
沒跑到陽臺吧？
那我找這邊。
好……小心啊！
嘿咻
那麼大的毒牙……
被牠咬到還得了……

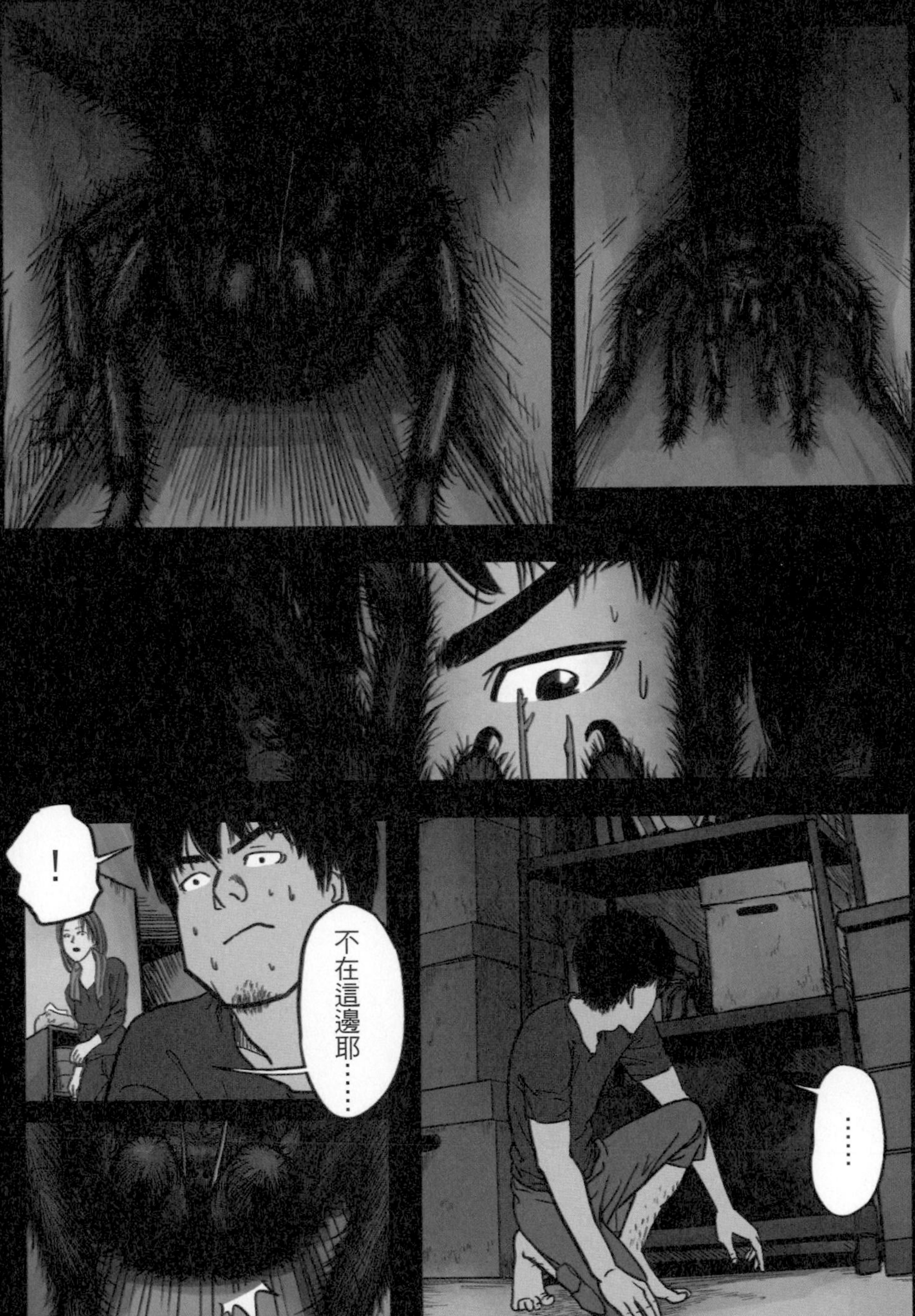

!
不在這邊耶……
……

嗚哇啊啊啊啊啊啊啊啊啊
!

啪！
咦？等一下……
……

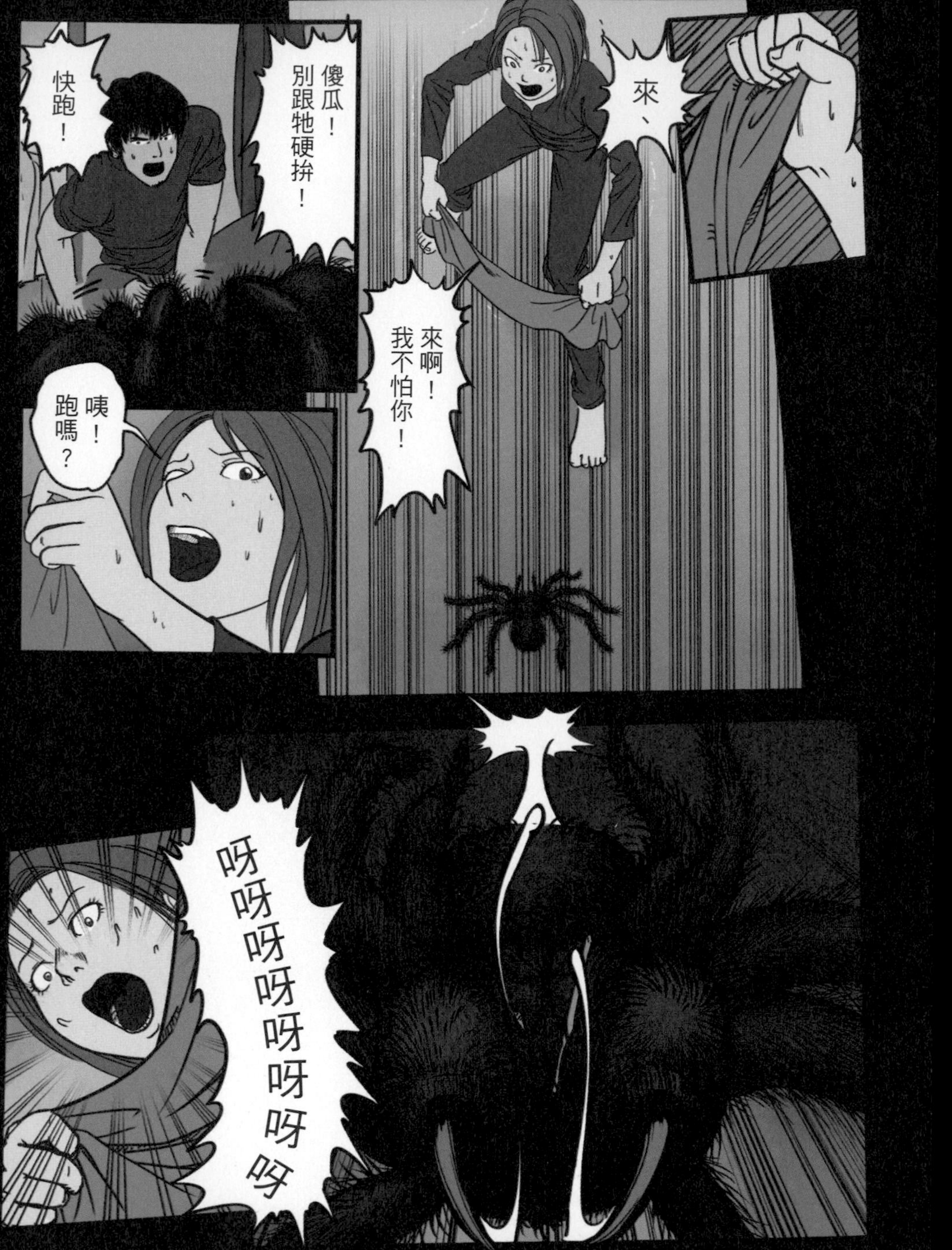
來、
傻瓜！別跟牠硬拚！
快跑！
來啊！我不怕你！
咦！跑嗎？
呀呀呀呀呀呀呀呀呀

啪啪啪
啪啪
真是一點都不能大意！
好了，我出去一下。
妳先睡吧。
！
……奇怪？
什麼時候弄到的？
……

第2話

癲狂

手好癢……
是剛才被刺到的地方吧……
話說回來，到底是怎麼受傷的？
是什麼東西的碎片嗎？
還是……
應該想辦法拔出來的……
總覺得好像在哪看過……
啊，腫起來了……
真麻煩！回家再弄吧！

你到了嗎？
咦？啊，小胖？
對，是我。
喀
怎麼那麼久？快點上來吧！
奇怪？他怎麼知道我在樓下？
！
臭死了……好重的霉味！
唔……

哇噻！總覺得……
啊……濕氣也超重的！
越往上越不舒服，
之前有這麼破爛嗎？
回去算了……
不行了！
再走下去的話……
喀—

等你很久了，沒人跟蹤你吧？
進來吧……
什麼跟蹤啊？
你感冒了？怎麼卡痰卡成這樣？
沒有感冒啊，只是喉嚨不舒服而已……
快點啦！
！

嗚哇！臭死了！
什麼東西壞掉了啊？
!!
不要囉嗦！進來就對了！
哇噻！你……
你想害死我啊!?

嗚哇啊啊啊啊啊啊啊啊啊啊
碰
歹勢，嚇到你了。誰叫你拖拖拉拉的。
我不能讓門開太久！
你……
看起來糟透了，到底怎麼了啊？
嗚嗯！

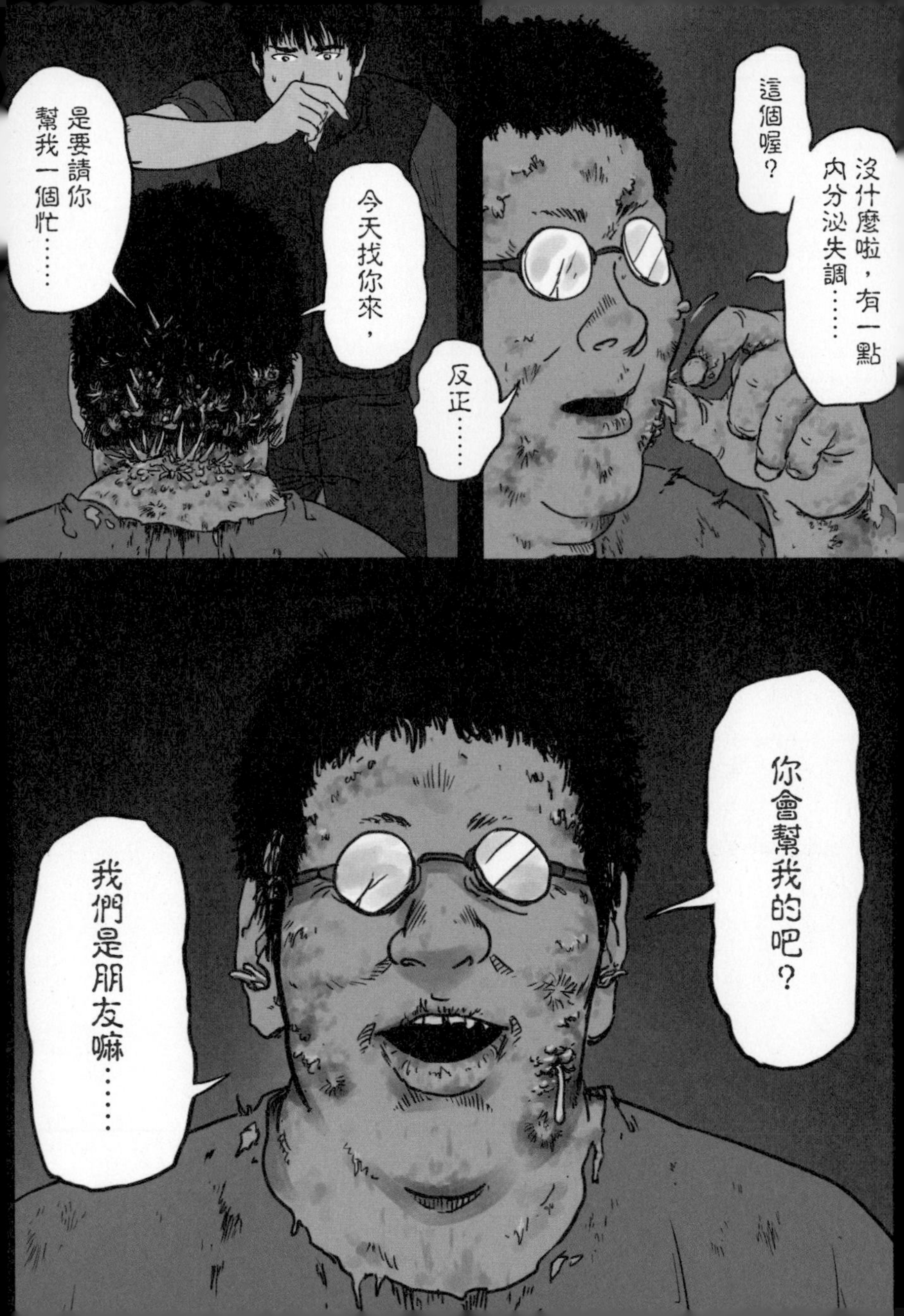
這個喔？
沒什麼啦，有一點內分泌失調……
反正……
今天找你來，
是要請你幫我一個忙……
你會幫我的吧？
我們是朋友嘛……

卡哩卡哩
咕嚕咕嚕
嗝
咕啊咕啊
呼唔呼唔
咕嚕咕嚕
卡哩卡哩
咕啊咕啊
你到底幾天沒吃東西了啊？
咕啊咕啊
卡哩卡哩
呼唔呼唔
……
咕嚕咕嚕
小胖！你最近到底怎麼了？
為什麼把家裡弄成這樣？

是不是遇到什麼麻煩？
咕嚕咕嚕
嗝
怎麼了嗎？
嗝
還有這味道……你受得了？

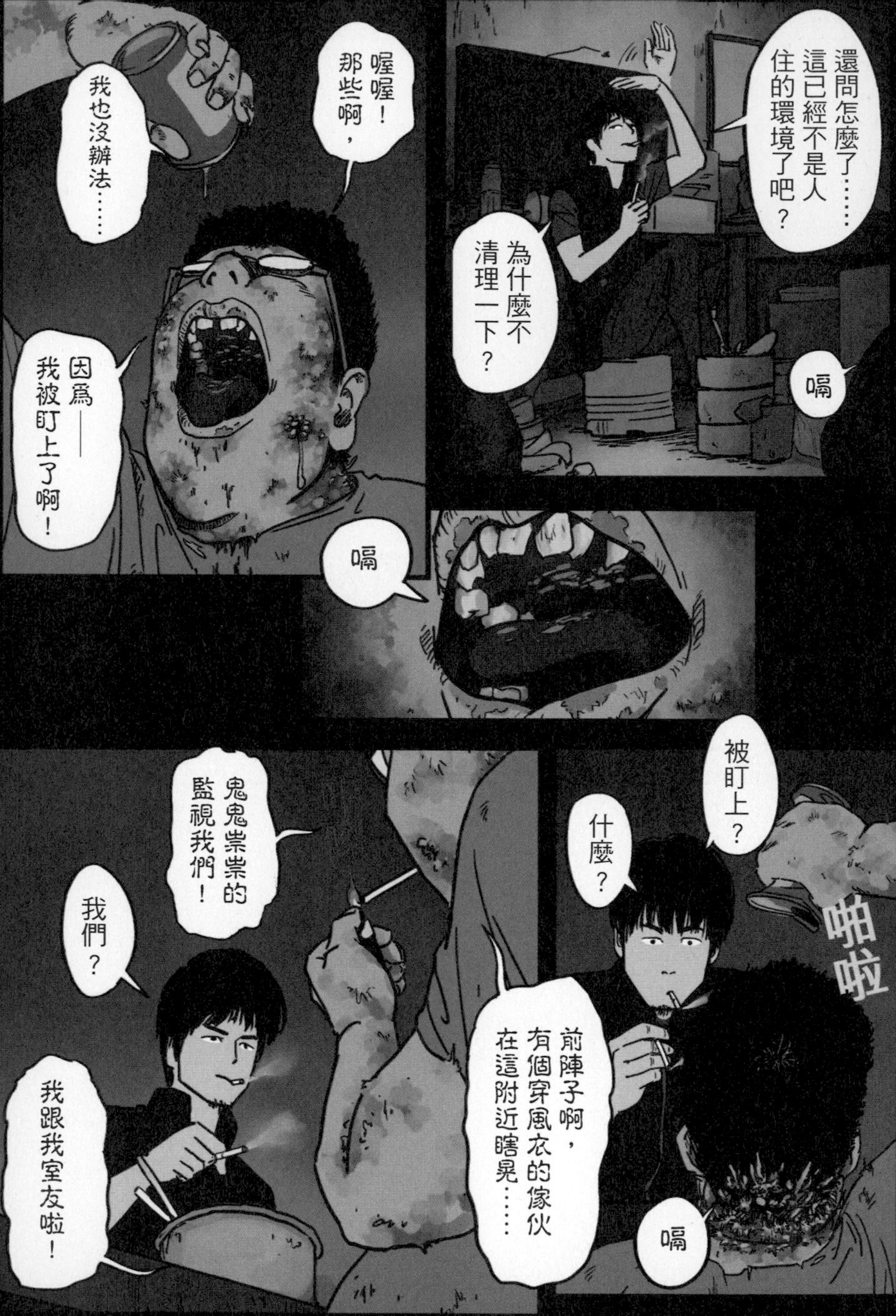
還問怎麼了……這已經不是人住的環境了吧？
為什麼不清理一下？
嗝
喔喔！那些啊，
我也沒辦法……
因爲——我被盯上了啊！
嗝
被盯上？
什麼？
啪啦
前陣子啊，有個穿風衣的傢伙在這附近瞎晃……
嗝
鬼鬼祟祟的監視我們！
我們？
我跟我室友啦！

本來還以爲又是他在幻想！
小何那陣子神經兮兮的……
呼……
後來我也看到了，那傢伙就在樓下抓著小何說話！
嗝
沒多久，小何就失蹤了……
一定是那傢伙搞的鬼！
所以我絕不能出門！
你也要小心點！
他搞不好看到你來我家了！
如果他纏上你，千萬別跟他說我的事！
不、你跟他說，蜘蛛已經不在我這了！
噗噗……
……蜘蛛？

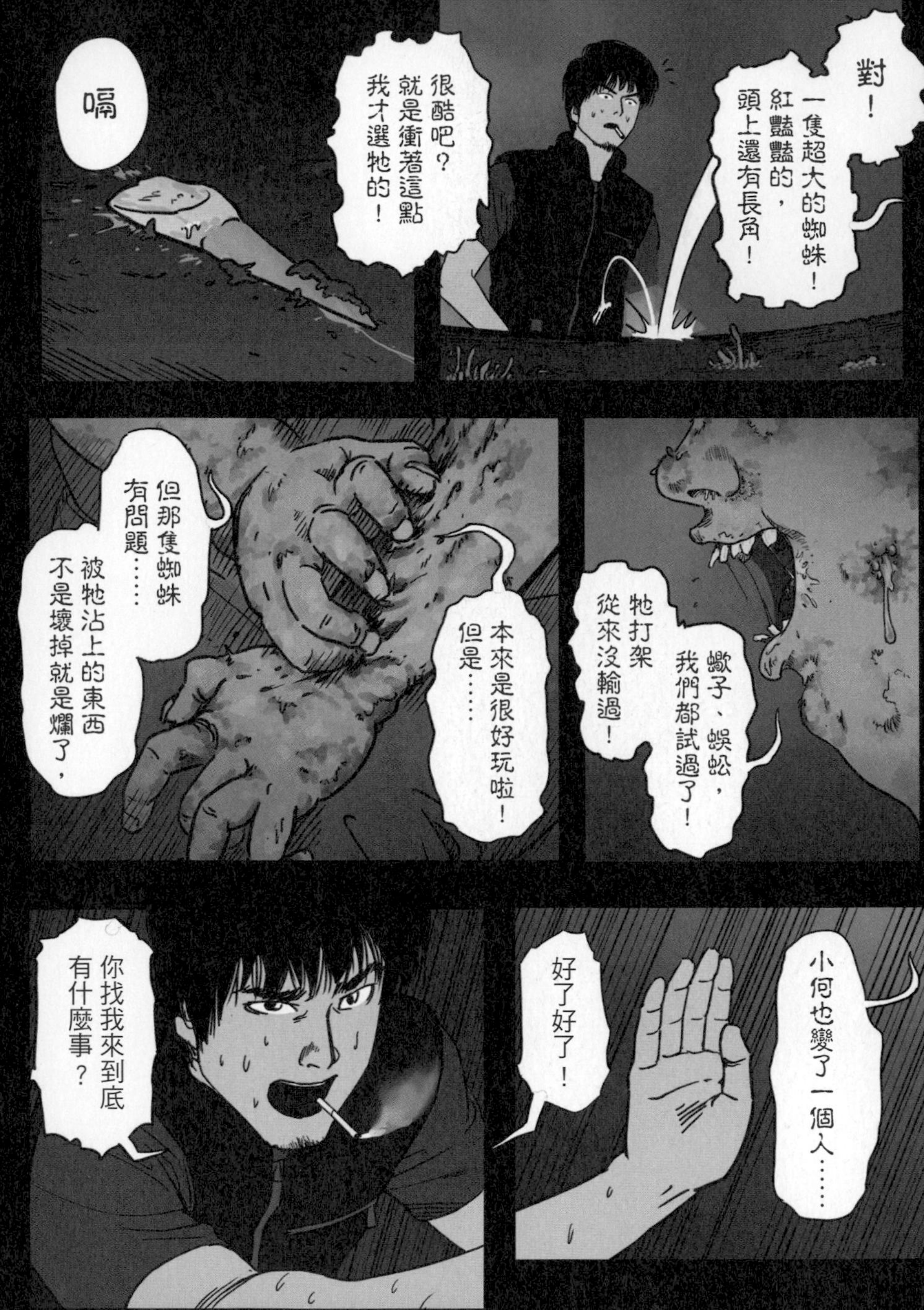
對！一隻超大的蜘蛛！紅豔豔的，頭上還有長角！
很酷吧？就是衝著這點我才選牠的！
嗝
蠍子、蜈蚣，我們都試過了！
牠打架從來沒輸過！
本來是很好玩啦！但是……
但那隻蜘蛛有問題……
被牠沾上的東西不是壞掉就是爛了，
小何也變了一個人……
好了好了！
你找我來到底有什麼事？

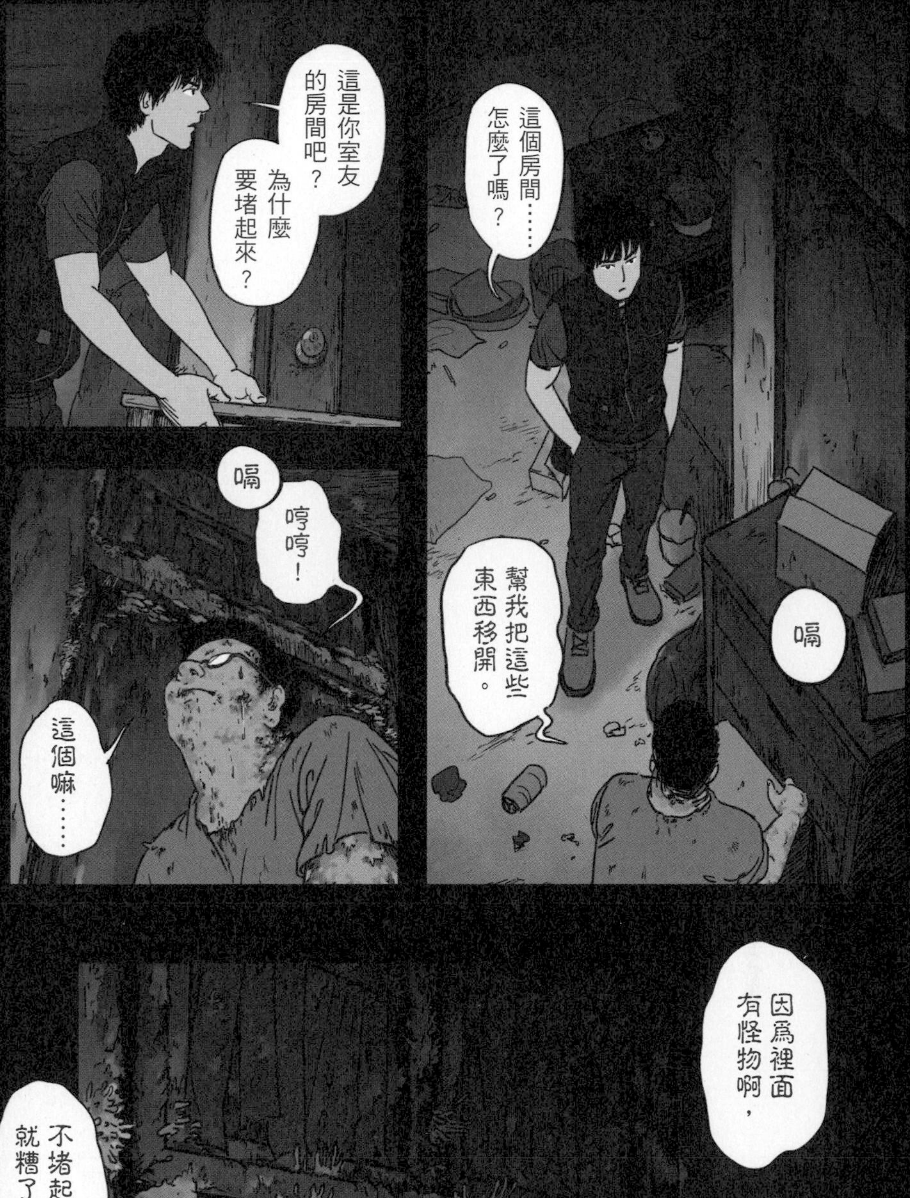
這個房間……怎麼了嗎？
這是你室友的房間吧？
為什麼要堵起來？
幫我把這些東西移開。
嗝
嗝
哼哼！
這個嘛……
因爲裡面有怪物啊，
不堵起來的話就糟了！

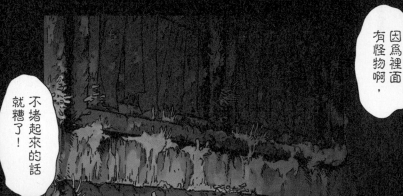

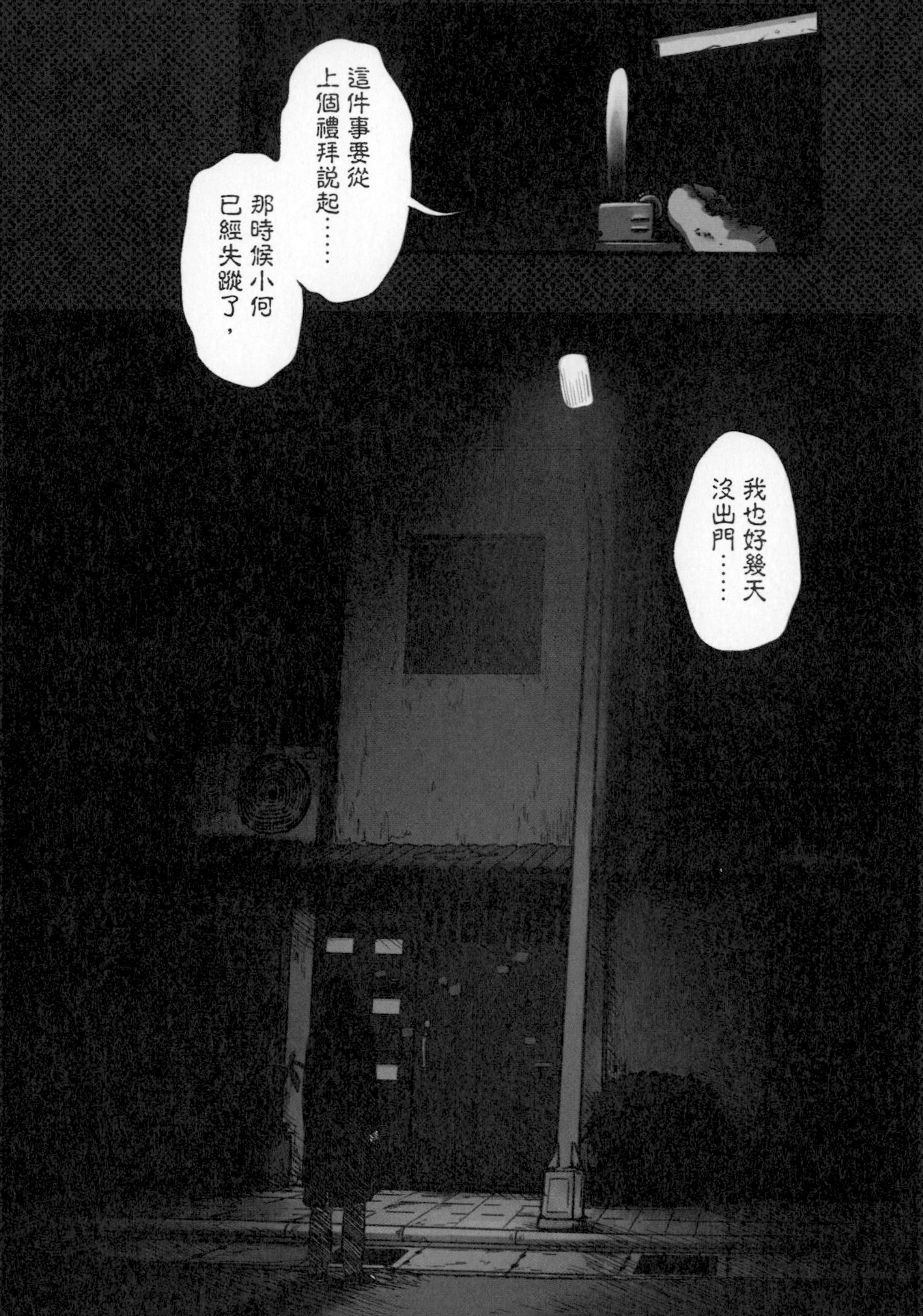
這件事要從上個禮拜說起……
那時候小何已經失蹤了，
我也好幾天沒出門……

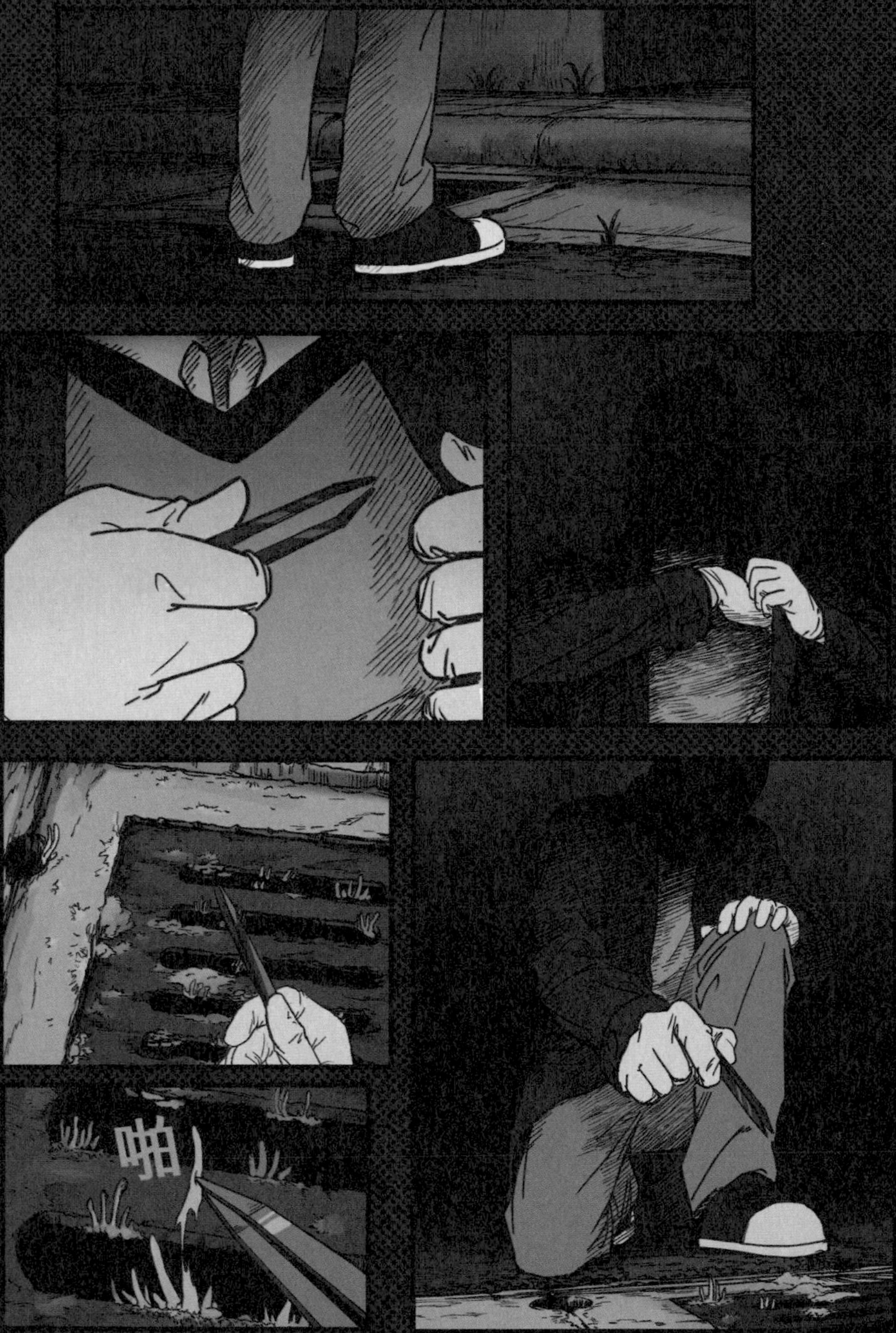
啪

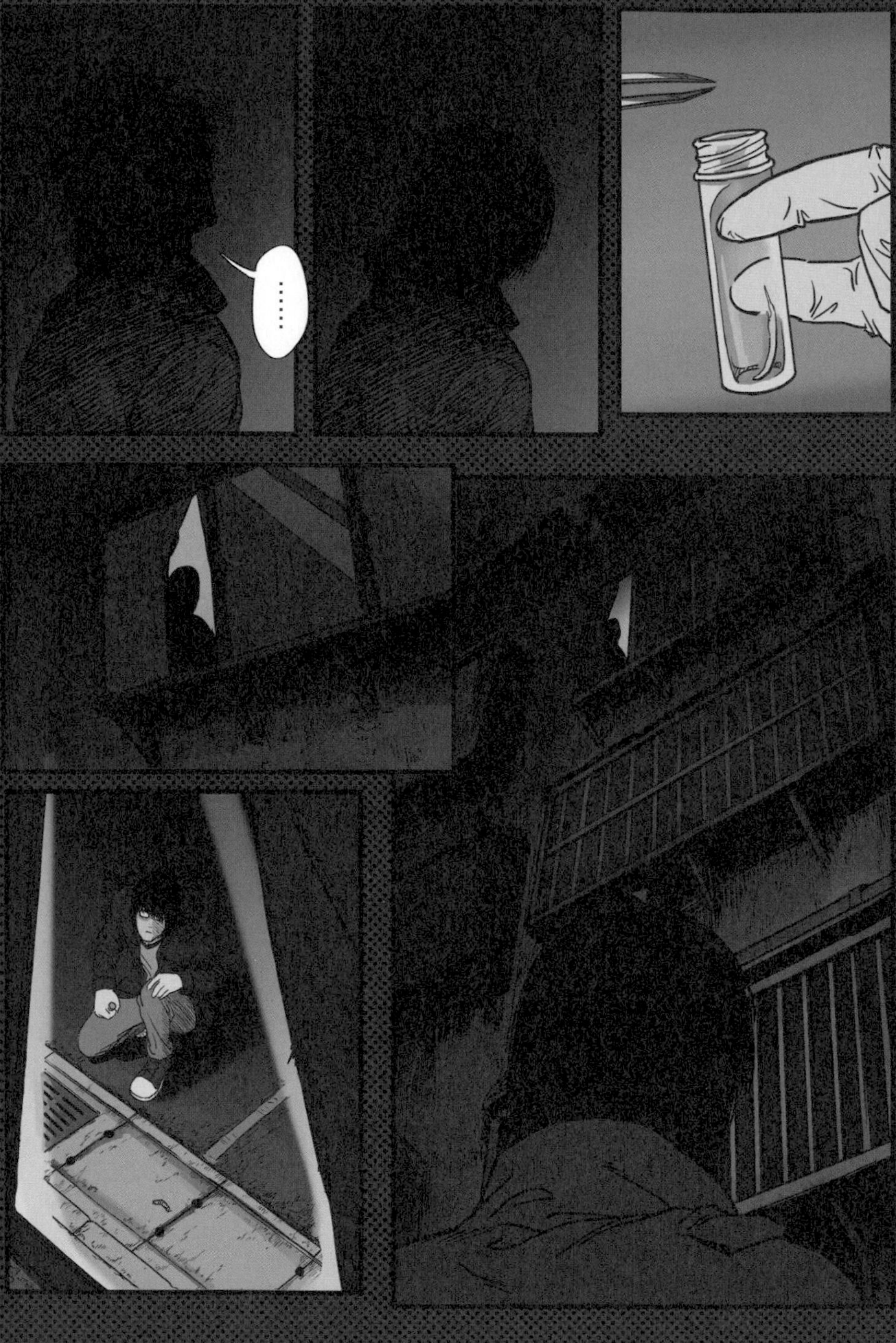

……哼！還不死心啊？
要糾纏到什麼時候……
啪！
呿！
那個瘋子……
他到底是誰？政府的走狗嗎？
還是哪裡派來的偵探……？
！

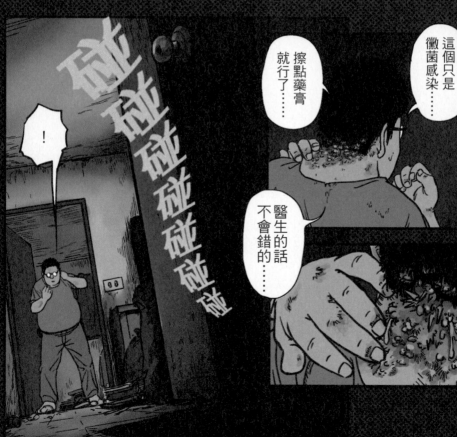

……
……沒事的。
這個只是黴菌感染……
擦點藥膏就行了……
醫生的話不會錯的……
!
砰砰砰砰砰

……小何？
你回來了？
什麼時候回來的？怎麼不打聲招呼？
砰砰砰
我還以為你搬走了。
這兩個禮拜你上哪去了？
喂，
你在幹嘛？

……靠！

我看錯了……
一定是看錯了……
裡面沒有東西！
!!
碰
別開玩笑了……
可惡！
碰碰碰
對了！
這是惡夢！
快點醒來就好了！
唰唰

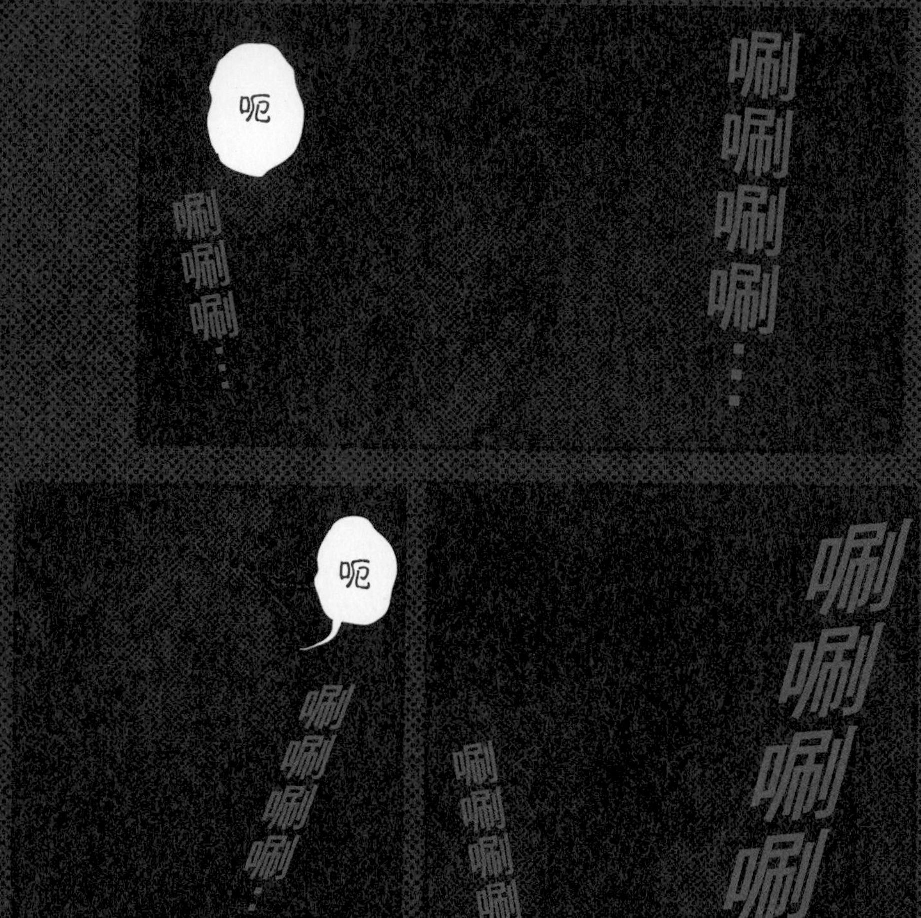

唰唰唰唰……
呃
唰唰唰……
唰唰唰唰……
唰唰唰唰……
呃
呃
唰唰唰唰……
……

喀啦喀啦
咦？打不開嗎？
喀啦
可惡！
喀啦喀啦
啪
……
哇塞、這地方是怎麼搞的？
噁心死了！
而且霉味超重……

碰！
啪
啪
喂，
你別激動啊……
不行，我一定要……再進去看看！

碰
好不容易、
裡面、
劈啪
啪
終於、
安靜了啊！
碰
！
咳咳咳
嗚……

喂！等一下……
怎麼會有粉末？
灰塵？
不對……這房間霉味重到爆……
難道是孢子？
小胖……
躲在哪裡？給我出來！
不要找了，房間是空的。
不可能！
門窗都封住了，能往哪裡跑？

如果裡面沒東西，那這麼多天來，
噗
我聽到的那些聲音……
噗
是哪來的？
總之你先出來吧！
不可能有人的，
裡面霉味太重了，
等味道散了我們再……

第3話

怪物

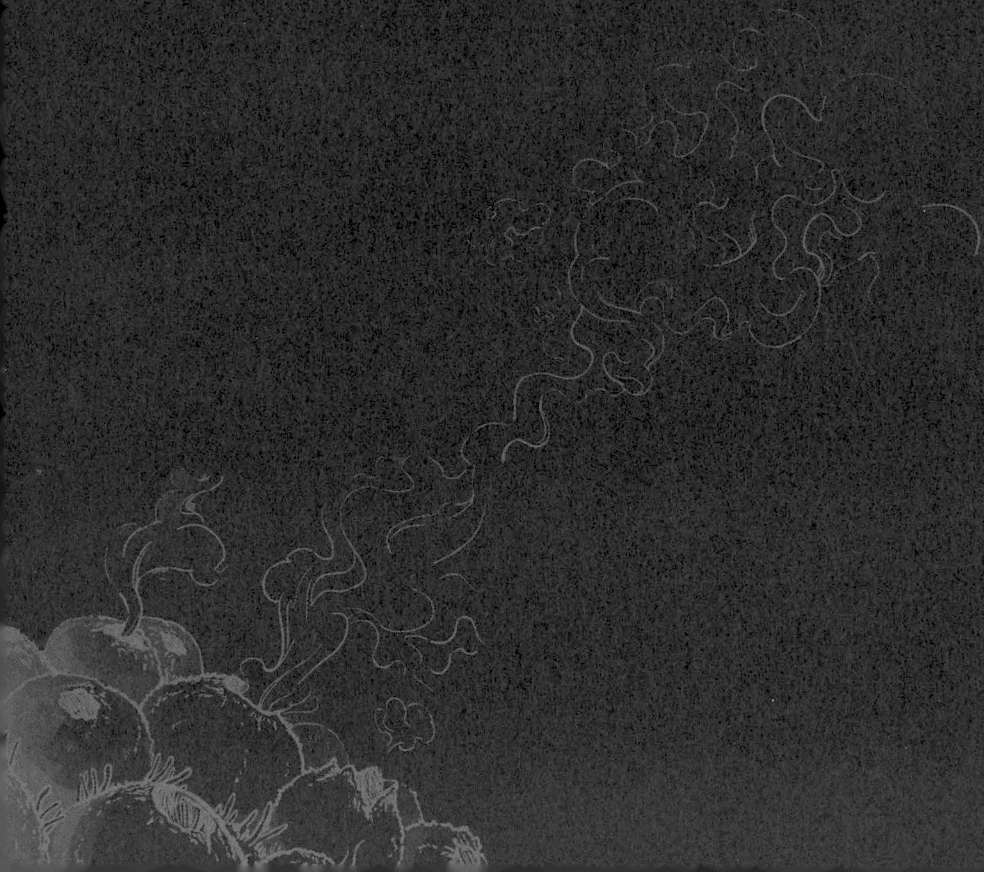

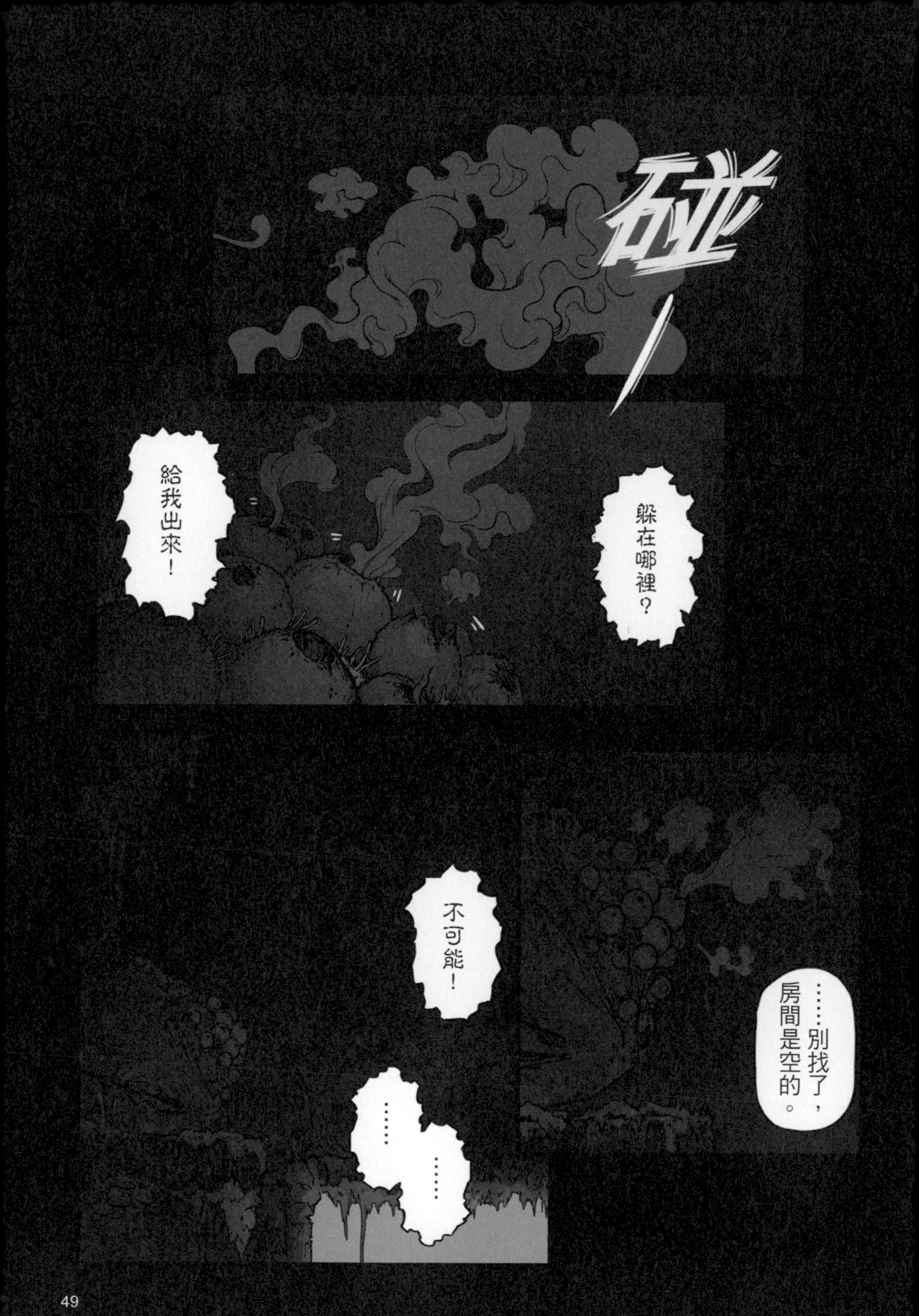
碰
躲在哪裡？
給我出來！
……別找了，房間是空的。
不可能！
……
……

喂、小胖你看，
那是不是有點像人形？
……
不曉得，上面太暗了，看不清楚。
應該是假的吧……
哼！
啪

咳咳
住手啦！
幹嘛亂丟啊？
咳咳咳
好難受……
有了！
你幫我開一下燈，
嘖！
電燈開關在……
我才不要碰這個！
整我啊？

開關不能用了，有沒有手電筒？
?!
你在做什麼？
嘿咻……
呵呵，原來躲在這裡！
雖然樣子不太一樣，但這應該就是被我關起來的東西！
關起來？
你在說什麼？
哼！等下你就知道了……

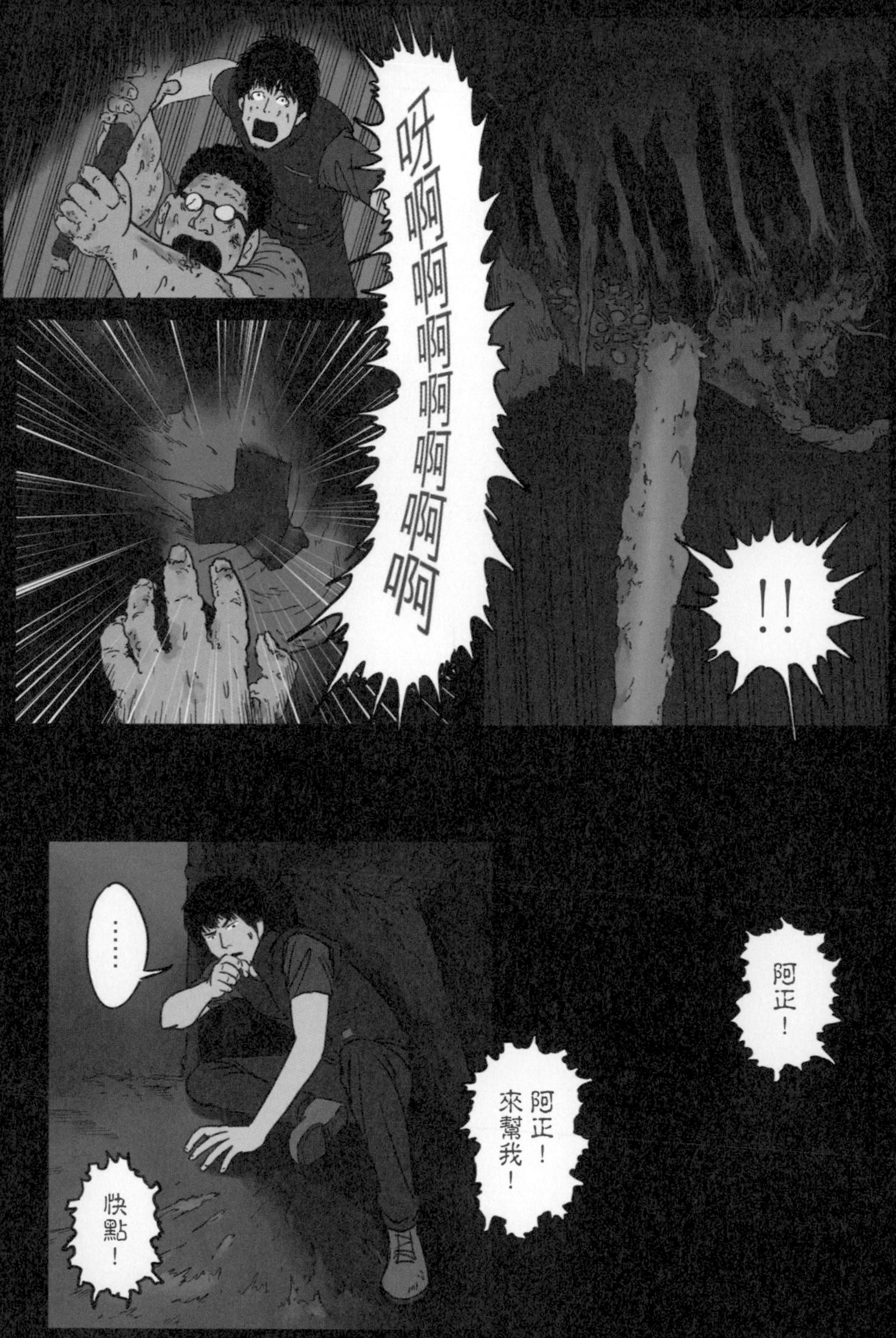
呀啊啊啊啊啊啊啊啊
!!
阿正！
阿正！來幫我！
……
快點！

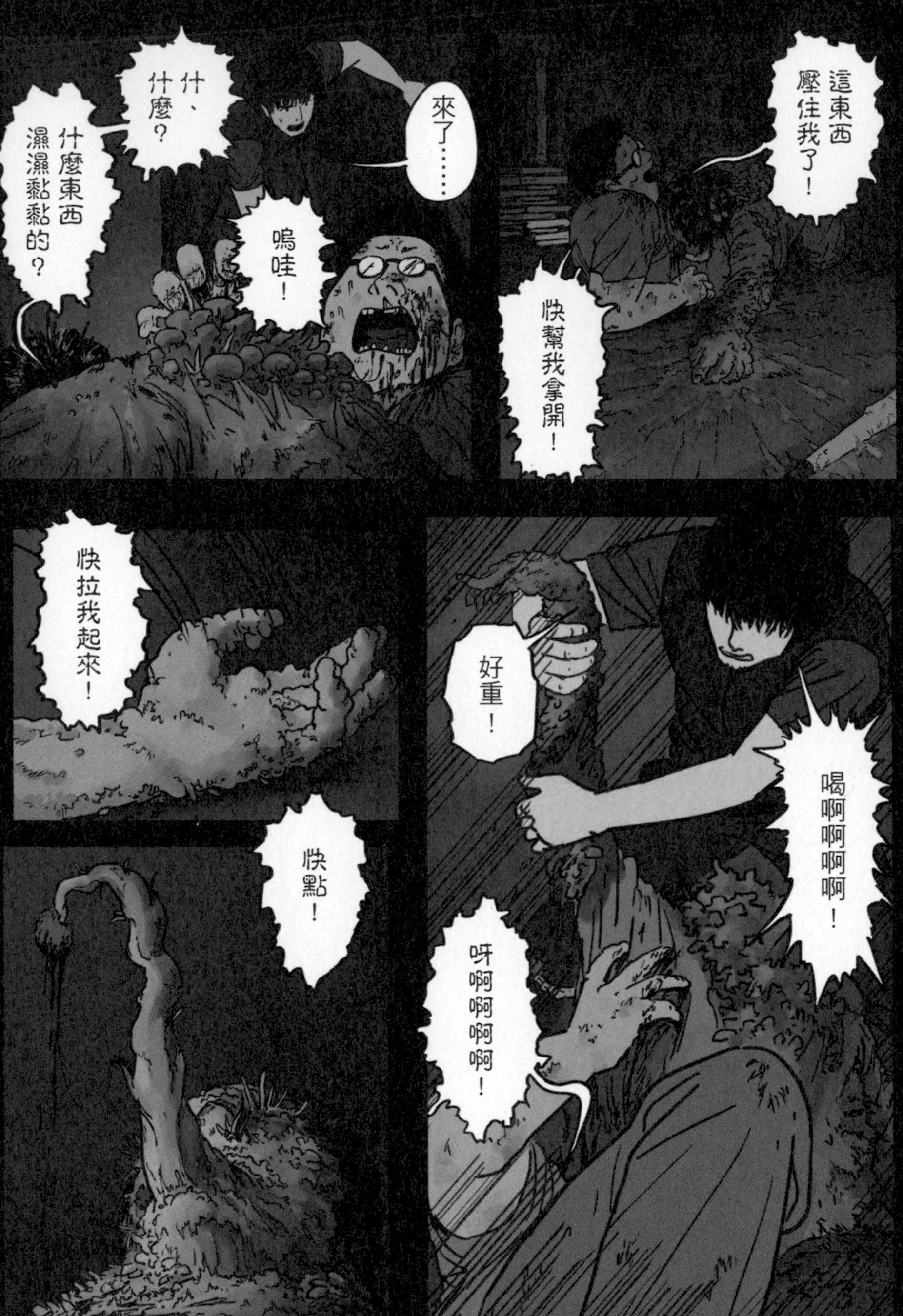
這東西壓住我了！
快幫我拿開！
來了……
什、什麼？
什麼東西濕濕黏黏的？
嗚哇！
好重！
喝啊啊啊啊！
呀啊啊啊啊！
快拉我起來！
快點！

啊啊！
噁心死了！
……
你看到了嗎？
那到底是什麼玩意兒？
……
真的是人……
怎麼會……
可惡……
噴了我滿臉……

小胖，怎麼辦……
裡面……
是真的屍體吧？
拜託……
哪有屍體長這樣……
而且你有聞到腐爛的味道嗎？
嗝
這整間屋子都是腐爛味，
嗅覺早就麻痺了！
不然你覺得那是什麼？
嗝
反正先報警吧！
！

等一下，
你做什麼？
？
我要打電話呀。
不准報警！
萬一樓下站崗的傢伙乘機跑進來怎麼辦？
你想害死我呀？
笨蛋！
把手機給我！

哇！
喂，
你發什麼神經啊？
嗚嗚……

嘿咻
呃……
沒怎樣吧？
嗝
咳咳
嗝
唔嗝
咳咳咳咳咳
呃呃呃呃呃呃
嘔嘔嘔嘔——

咳咳咳
……
呸
嗚嗚
怎麼辦……
阿正……
那件衣服……
錯不了的……
就是小何啊……
他竟然死了……
我好害怕……
接下來是不是就換我了？
我的眼睛好痛……
全身都不對勁……
我還不想死……
……
不要亂說！
我們去醫院吧，
醫生會把你治好的。
你想騙我出去，
是不是？

你早跟他串通好了……
想讓我自投羅網……說中了吧？
虧我那麼相信你……不可原諒……
你在說什麼啊……
不可原諒啊——

吱吱——
磅
吱
吱
實驗體18號，
第三天，出現末期症狀。
咔咔咔——
狂亂、攻擊性等外顯行為，應是腦部受侵略的證明。
菌絲從體內湧出，表示即將形成子實體。
判定為猛爆型。
吱吱
咔咔—
對人體有立即的威脅，
予以緊急銷毀。

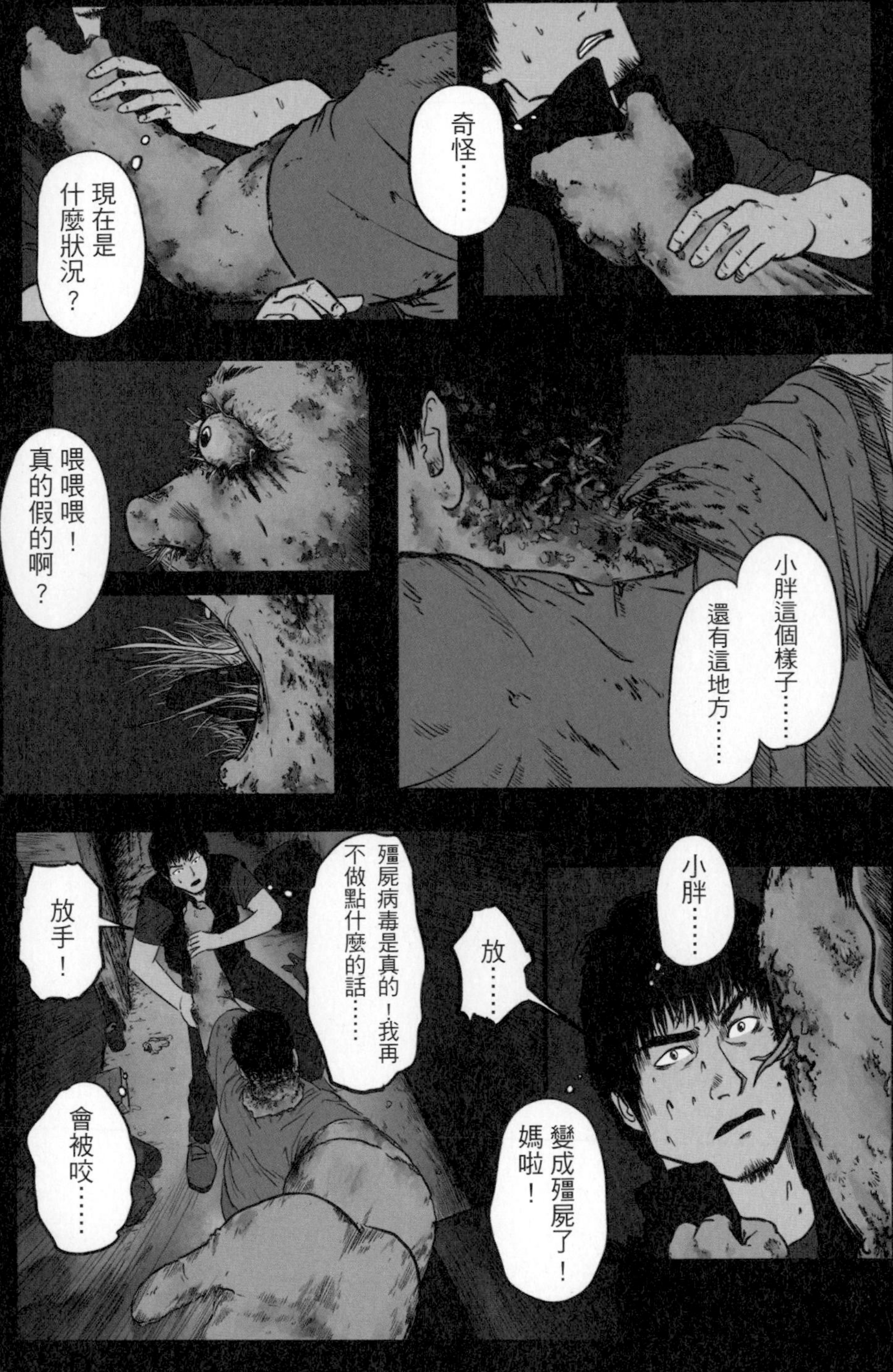
奇怪……
現在是什麼狀況？
小胖這個樣子……還有這地方……
喂喂喂！真的假的啊？
小胖……
變成殭屍了！媽啦！
放……
殭屍病毒是真的！我再不做點什麼的話……
放手！
會被咬……

嗚
呃……
嗚嗚……嗚……

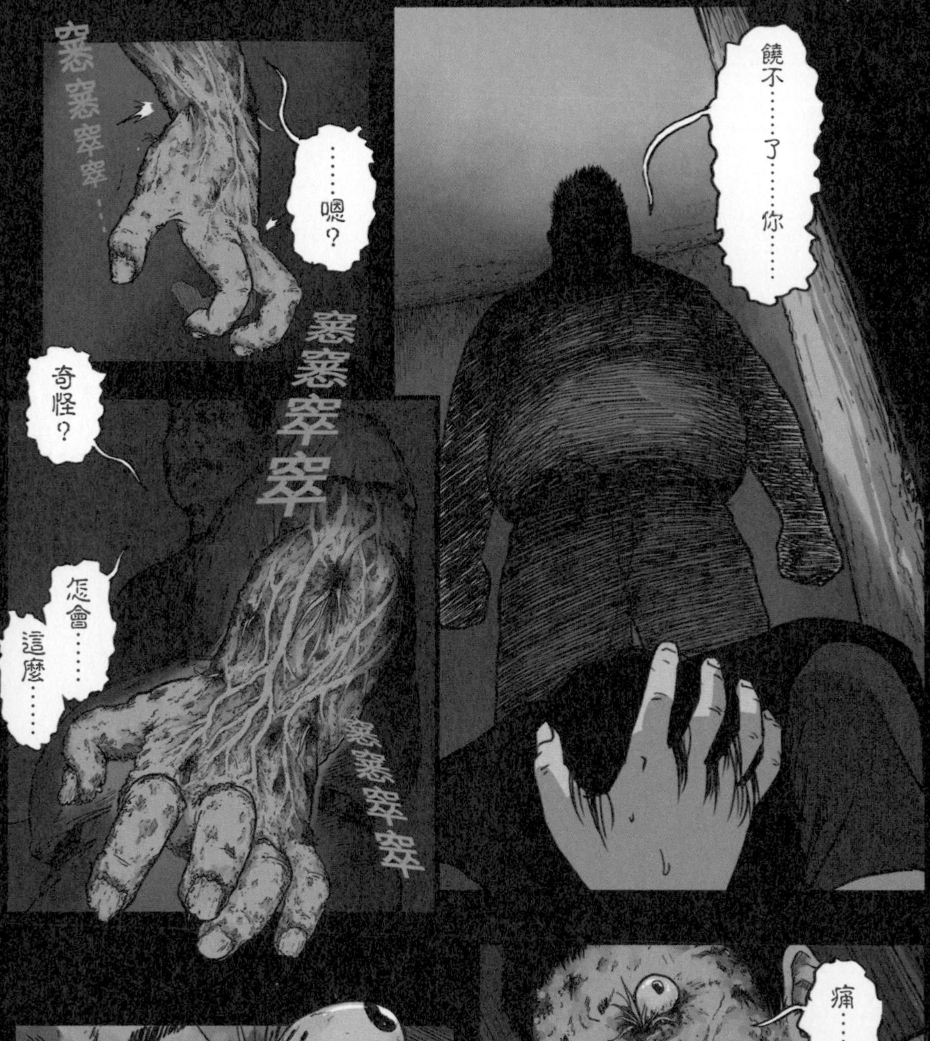
饒不……了……你……
窸窸窣窣……
……嗯？
窸窸窣窣
奇怪？
怎會……這麼……
窸窸窣窣
痛……
我……我看不到了！
窸窸窣窣
阿正！

好痛啊啊啊！
嗚嗚嗚嗚嗚嗚……
嗚嗚嗚嗚嗚嗚嗚嗚嗚嗚——

碰碰碰碰碰
！！
哇！
碰碰碰碰
碰碰碰
……
碰碰
嘰

……小胖？
砰
嘶
！？
等……
喂！快下來！
危險！
!!

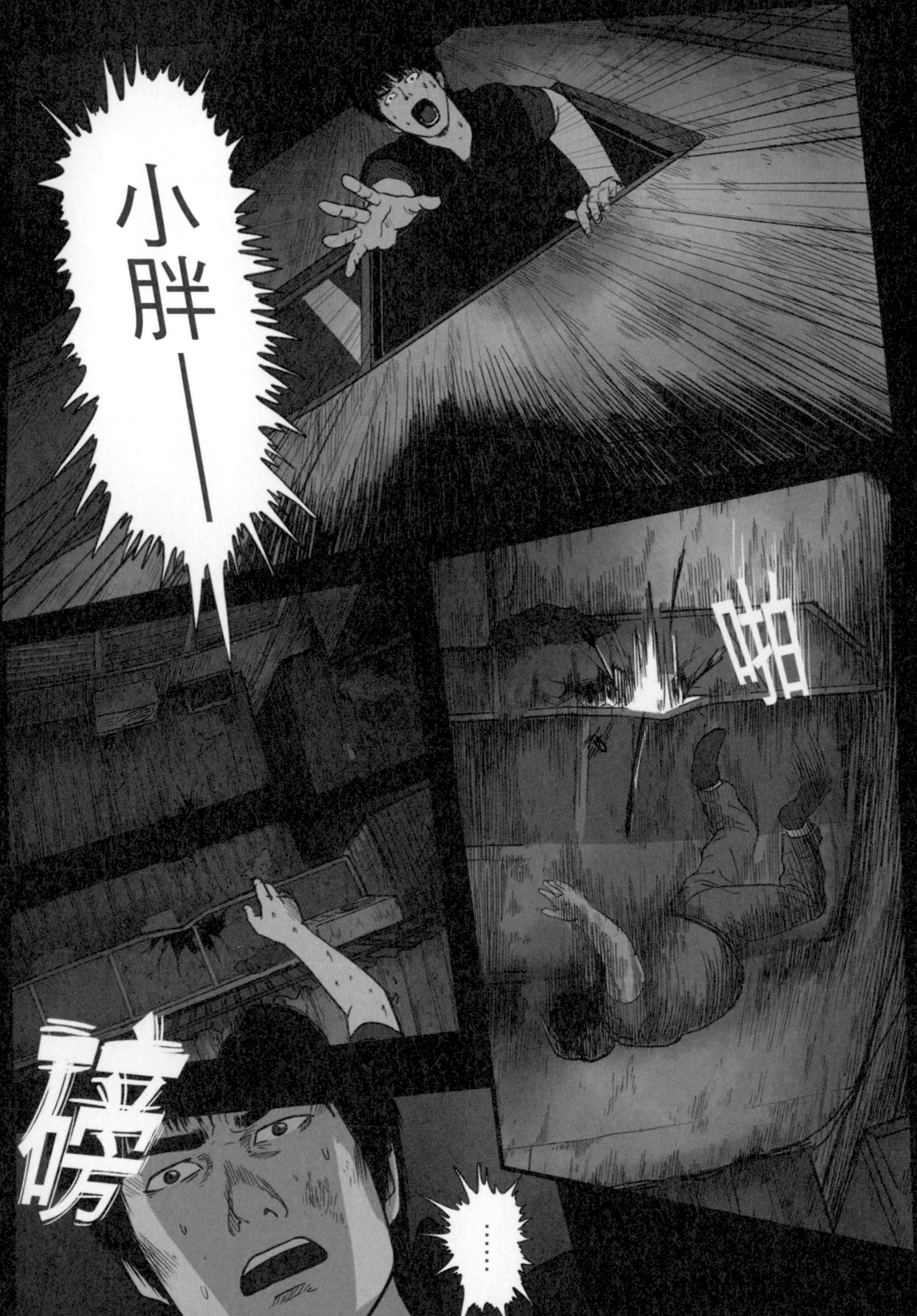
小胖——
啪
磅
……

……
怎麼會這樣……
RRRRRRR
RRR
嗶
……喂。
阿正？
小菁？
不好了！你現在可以回來嗎？
那隻蜘蛛……
呀！
哐啷
嘟——

第4話

隱憂

喂！警察局嗎？
我要報案！有人墜樓了！
地址是……
對、從四樓！
在後面防火巷！
呃？生命跡象？
我不清楚……這邊看不到狀況……
……好、請盡快！
抱歉！小胖，
我會再回來的！

轟轟轟轟轟
砰砰砰

呼
千萬別出事啊！
小菁……
呼
為什麼電話突然打不通？
您撥的電話未開機……
那隻蜘蛛？
蜘蛛不是關起來了嗎？
難道又……
!!
……
呼
小……
呼
小菁？

啊、
你回來了，這麼快！
真是的……別嚇我呀！
手機突然打不通，還以為發生什麼事……
抱歉，我不小心摔到，好像故障了……
到底發生什麼事？為什麼站在外面？
妳說蜘蛛怎樣？
啊，那隻蜘蛛……
好像突然暴走了……牠掙扎得好激烈，我不敢待在裡面……
而且牠的樣子突然變得好奇怪！
樣子奇怪？
嗯……身上長好多白點點，

反正你看了就知道！
發狂、長怪東西……小胖也是這樣，還有他室友……
難道蜘蛛有問題？小胖是被牠害的嗎？
我是不是不要進去，直接離開比較好？
可惡……我受夠了！
自己家怕啥？
那隻臭蜘蛛……牠要是再跑出來，
我就把牠打扁！管他什麼後果！
！

啊，在那裡！
呼……好險！
還在箱子裡……
阿正，你看裡面！
奇怪……這些是什麼？結網了？
等等……！
這些東西……
是從牠的身體裡長出來的！

蜘蛛已經不在我這
呵呵呵……
牠沾上的東西
是壞掉就是
送給別人了
蜘蛛有問題
就是爛了
我把牠送給
……算那人倒楣，
有問題
可惡！
阿正？
等一等！你要幹嘛？
這蜘蛛有病！會傳染給人！
我要把牠扔了！
那就更不能亂丟啦！
我們先放外面走廊，明天再交給獸醫……
……

我明天會把牠處理掉。
妳千萬不要靠近這邊！
……嗯？
啊！
我的手！
不對勁……我到底被什麼刺到了？
？
手怎麼了？
……沒事。

明天還有課吧？妳早點休息……
你還要出去？這麼晚了……
嗯，有點事……
等一下。
你回來之後臉色就怪怪的，發生什麼事了？
……別擔心啦，回來再說。
……看樣子，我應該也感染了。
如果不處理的話，最後會變得跟小胖一樣吧……
小胖那個樣子，絕對不是普通的皮膚病。
跟著到醫院應該可以知道答案！

小胖……還活著嗎？
當時雖然很暗……但我應該沒看錯！
好像寄生蟲一樣！
的確有什麼東西從他身體裡衝出來。
嗯？
怎麼回事？

……
看來附近居民都被驚動了……
……
似乎鬧很大……
……
……
……
……
奇怪？竟然來了這麼多人，而且穿的衣服……
好像這棟公寓有什麼重大傳染病一樣……
而且怎麼都在房子裡進進出出的？
小胖是掉在後面防火巷呀！

他們真的是來處理小胖的案子？
不太對勁……我沒走錯巷子吧？
警察先生！
請問一下……
墜樓的那個人現在狀況是……
喂！要看熱鬧，退到黃線後面！
沒有什麼墜樓，退回去！
咦？等一下
你聽我說……
再吵，告你妨害公務！
……
……

啊，出來了！
！
……
……
……
……
馬上退到黃線後面！
好過分！怎麼現在才處理啊？萬一傳染到我們怎麼辦？
就是說啊！我早就覺得奇怪！
會不會是那個什麼波拉的？

才不是，我覺得是狂犬病！
真的啊！而且應該整棟的人都被傳染了！
啊？狂犬病？
上次我遇到二樓的太太啊……
她居然……
不要拍照！
……
然後啊……還想用指甲抓我！
真夭壽喔……還好我閃得快！
其實看她那個樣子，嚇都嚇死了！
哪敢讓她靠近？

……
……
……
喂！
你們兩個跟患者有接觸過？
嚇
沒……沒有啦！
我根本不認識他們！
不干我的事！我聽她說的！
少囉嗦！先上車再說！
放手！
怎麼……
……
……
警察打人！
!!

少年耶，緊走喔！
……
……
呼
呼
這到底怎麼回事啊？阿北！
少年耶！
你知不知道自己剛才很危險？
好家在他們只當你是看熱鬧的
！
你要是再多說一句，鐵定連你一起抓！
不懂是吧？
跟你講也沒關係，反正已經傳開來了。
不過，這裡不太方便……
到我店裡說吧！近得很！

少年仔，我有看過你。
你是不是住四樓的那個……戴眼鏡、胖胖的年輕人的朋友？
對……你認識他？
嘿啊，我住他對面。
那、你應該有聽到吧？「碰」的很大一聲……
很大一聲？
沒有聽到。我最近都睡在店裡，
是怎樣？發生什麼事？你朋友叫你來的？
其實……
我朋友他墜樓了……

怎麼會這樣!?
我……其實也不是很清楚到底發生什麼事……
欸？
好端端的怎麼會去跳樓呢？
你朋友最近……
是不是有遇到什麼奇怪的人？
他最近好像碰到什麼麻煩，說有人跟蹤他，
是一個穿風衣、戴眼鏡的怪咖？
!
你怎麼知道？

穿風衣……對！
你看過？真的有這個人？
沒有招牌啊
……有喔，他來過我店裡。
大概一個月前吧。
呿！當時就覺得他可疑。
果然沒過多久政府就來查了。
他們說我的東西有檢疫問題，
全部沒收了，是不是很過分？
很亂厚？這就是那些傢伙幹的好事！
來，坐吧！
我每天守在這裡，
就是怕他們再回來找麻煩！
呃……
阿北你是賣寵物的嗎？
怎麼亂成這樣……

對！
內行人才知道我這地方。
有沒有養過毒蠍子、毒蜘蛛？
我這裡只賣大人玩的寵物。
蜘蛛？對了！
阿北！那你知不知道我朋友養了一隻毛蜘蛛？
紅色的，大概這麼大？
蛤？
我叫他不要講，他還是告訴你了喔？
他是說山上撿的，但……
少年仔，你出去千萬不要亂講，知道嗎？
我們這裡現在對這個話題很敏感！
不是我要嚇你，你剛才也看到了，
他們隨隨便便就可以把人抓走！
那些住戶不是要送醫治療嗎？

沒有給你騙！我好幾個客人都是這樣，治療個鬼啦！
被帶走之後人間蒸發，沒看過哪個有回來的！
……
少年仔，你老實跟我說……
最後見到你朋友的時候，他的狀況怎麼樣？
身上是不是有長東西？
有……還有化膿，潰爛得很嚴重……
然後呢？他受不了所以跳樓？
不是……他……
有像蟲一樣的東西，從他身體冒出來。
然後他就突然失控衝到窗外了……

！
對了！
阿北！蜘蛛！
我朋友買的那隻蜘蛛很有問題啊！
自從他被蜘蛛身上的刺……
你賣黑白講！
我的蜘蛛好得很！
巷子裡的東西才有問題！

第5話

蔓延

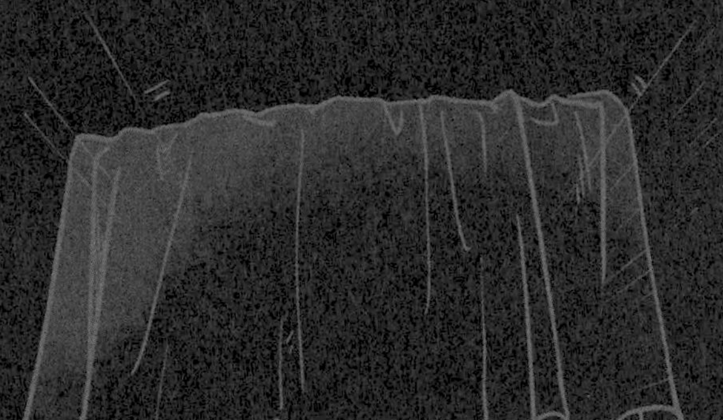

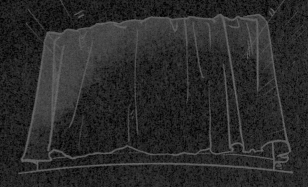

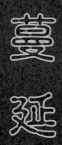

大概兩週前吧，
我們這區突然越來越潮濕。
東西一直發霉，搞得大家身體都不舒服。
也找不出原因。
直到有一天排水溝出問題……
啊、這裡也有！
怎麼搞的，哪裡冒出來這麼多？
咳咳
我發現的時候已經長滿地了，
連水溝裡面也有！
不過，排水口附近長得最大朵，
應該是從那邊開始的。
怎麼辦？要找人來清嗎？

好！今晚加菜吧！
咦？你要帶回去吃？
不好吧！
安啦！叫我兒子上網查一下，就知道有沒有毒！
那時候我就知道不對勁。
很快的，事情惡化了……
唰

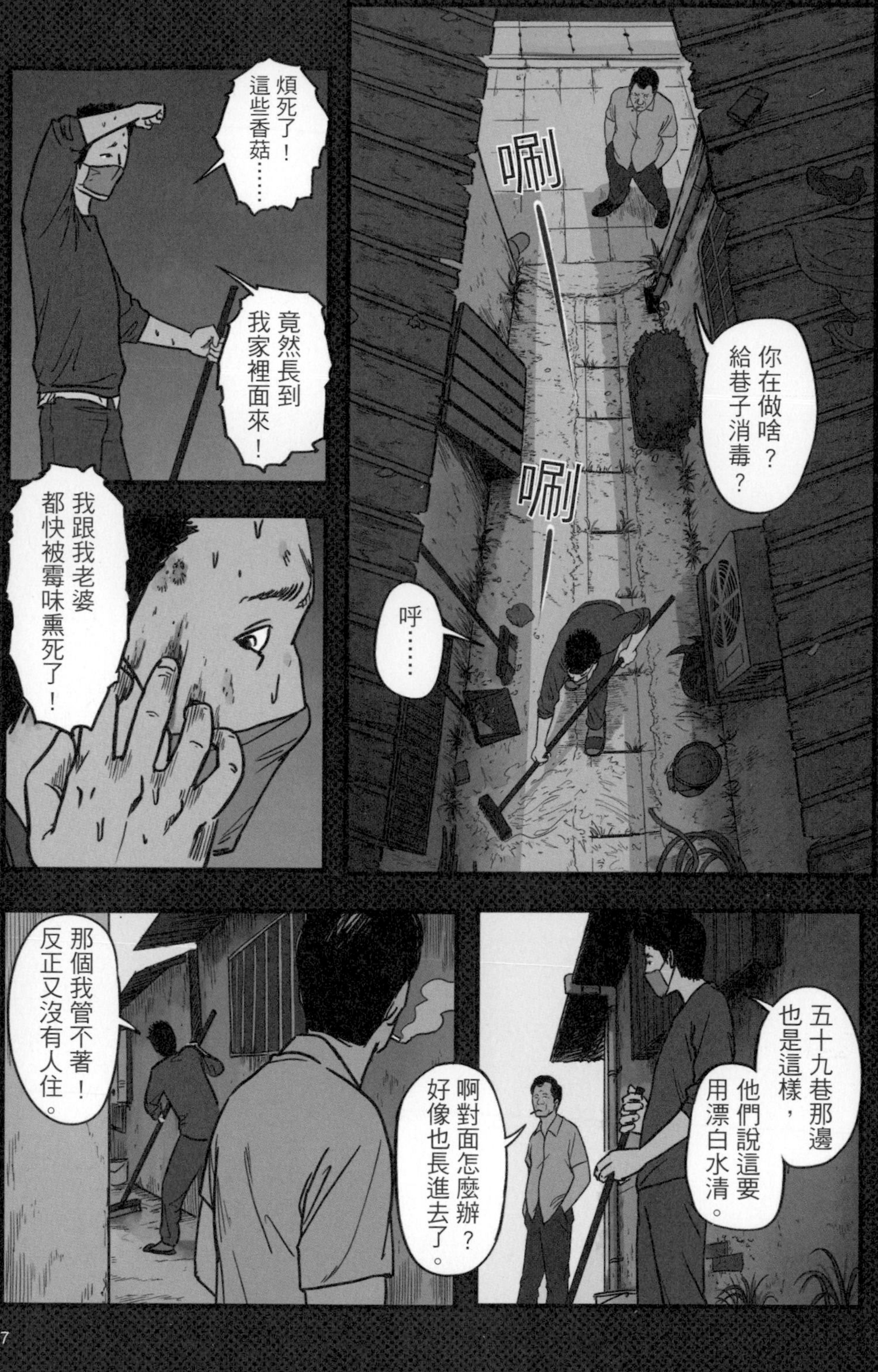
唰
唰
你在做啥？給巷子消毒？
呼……
煩死了！這些香菇……
竟然長到我家裡面來！
我跟我老婆都快被霉味熏死了！
五十九巷那邊也是這樣，他們說這要用漂白水清。
啊對面怎麼辦？好像也長進去了。
那個我管不著！反正又沒有人住。

五十九巷……不是老張住的那條？
說起來，很久沒看到他了……
他上次好像說……
收到傳票!?
還是什麼的，我忘了啦！
反正就是有單位找他去談話。
最後看到他的樣子非常奇怪……
老張，你不要為難我，這不能退錢啦！
不用給我錢，總之這還給你！
這是幹嘛呢？才買的好貨……

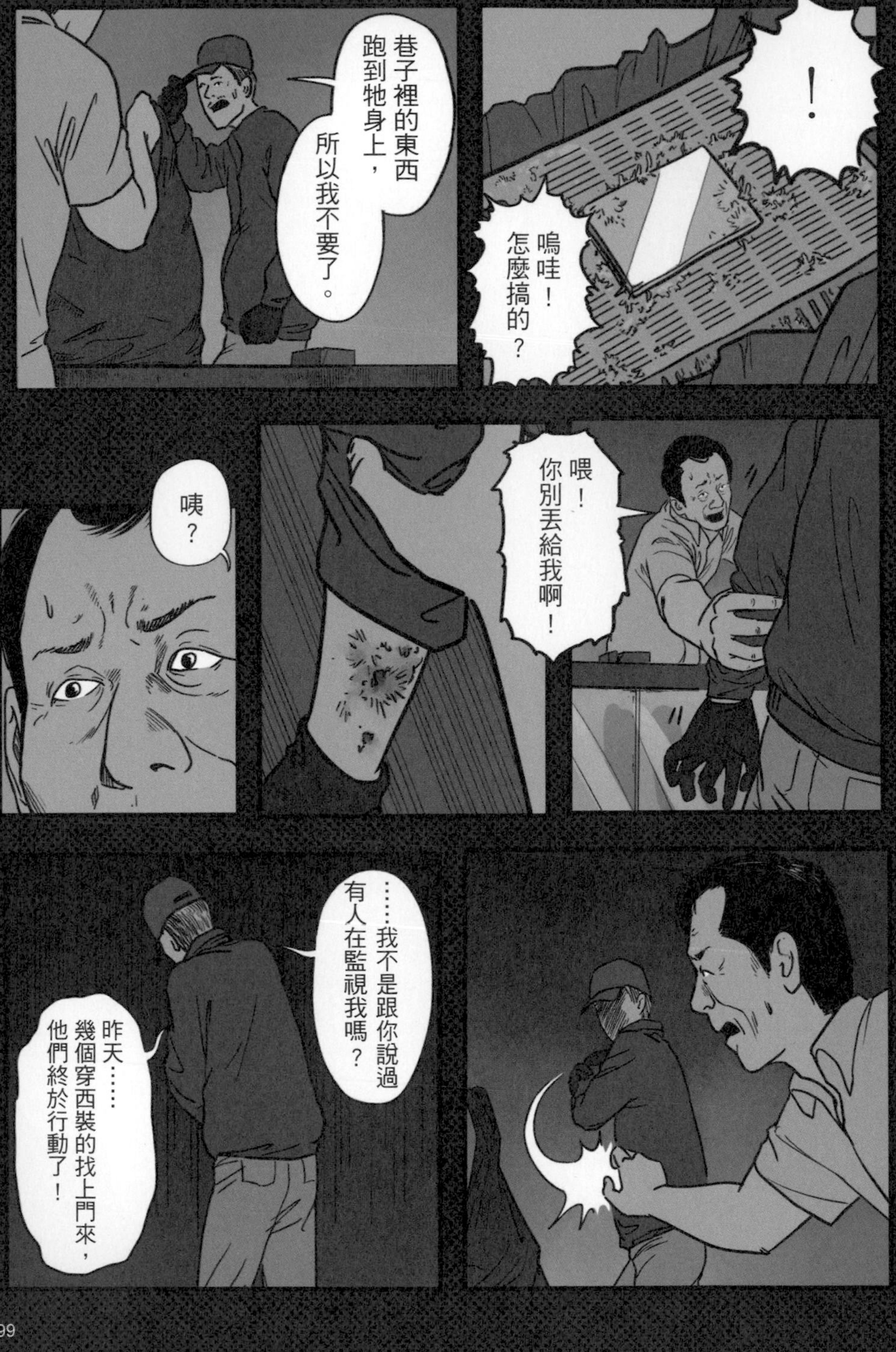
！
嗚哇！怎麼搞的？
巷子裡的東西跑到牠身上，所以我不要了。
喂！你別丟給我啊！
咦？
……我不是跟你說過有人在監視我嗎？
昨天……幾個穿西裝的找上門來，他們終於行動了！

所以這東西絕不能放在我這裡，
被查到我就死定了！
你那邊應該有管道吧？
拜託你當作運損什麼的處理掉！
……說起來，都是那傢伙！
害我其他的寵物被汙染！
後來那些人來查的時候，
我真的百口莫辯！
難道小胖他們也是遭到感染？
但阿北說這是兩週前的事，
那個時候，小胖的脖子已經長了怪東西。
他的室友應該更早……
問題果然還是出在蜘蛛身上！
而且如果傳染性這麼強的話……
少年仔！

怎麼樣？拔出來了嗎？
啊、快好了，再一下子……
發炎了欸，這是怎麼搞的？
很痛吧？
還好，倒是滿癢的……
啊！
拉出來了！
咦？好痛……
啊咧？奇怪……
！
靠！痛死了！

啊啊啊！
呼
呼
怎麼會……
少年仔、你……
你到底被什麼扎到了？
阿北……
你這裡有沒有急救箱之類的？
呃……急救箱？
你等一下，我去找看看！
拔出來後比較沒那麼痛了……

奇怪、這東西……
刺進去的時候就這麼長嗎？
不對，
末端樹枝狀的延伸，應該是後來才長的！
才幾個小時就長成這樣……
難道……
這就是小胖身體裡冒出來的東西！？
喀喀喀
別想太多！我都拔出來了，沒事的。
喀喀喀
喀喀
……
喀喀

哇！
！
嚇我一跳……
喀喀喀喀

喀喀喀
原來是蜘蛛……
還真大……
喀喀
沙沙沙
到處都有……
沙沙沙
沙沙
這間店是怎麼了？
沙沙

唦赫

少年仔，怎麼倒在地上？
啊，你看到牠了？
牠現在生病，性情不太穩，
我才用布罩起來。
別看牠這樣，牠可是本店鎮店之寶！
祕魯食雞蛛！
這可是非常稀有的品種，
我好不容易才搞到手的！
唉……可惜喔！
看樣子牠也不行了。

阿北，裡面那小隻的怎麼了？
喔，沒想到連食物也長了……
那是殭屍真菌。
殭屍……什麼？
這是一種很恐怖的寄生菌類，會控制腦袋的。
你看牠是不是一直想往上爬？
因為傳播孢子需要一定高度。

這傢伙已經被真菌操控了！
是了……就是這個！
當時就是爬到房間最高處，
小胖的室友……
而小胖……是想爬上頂樓吧！
阿北……
我朋友的狀況跟你說的一樣！
他就是被這個真菌害死的！
應該是透過他買的蜘蛛感染的！
或許已經傳給其他住戶了！
我們必須告訴其他人！
……

噗
哈哈哈哈哈哈
嘻嘻嘻嘻嘻嘻嘻
少年仔，這東西不會傳給人啦！
不然早就出代誌了！
我們這邊是有怪病沒錯。
但跟殭屍真菌是兩碼子事。
你要搞清楚！
……好吧，既然這樣！
你說的那條後巷，現在還有辦法進去嗎？
？
為什麼你想去那種地方……
拜託了！我一定要親眼確認！

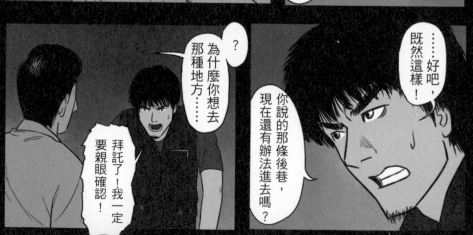

……是有一條路線啦。
照我說的一定進得去！
可別說我沒警告過你！
好了……
04:59
小喬
還好嗎?
別擔心, 馬上就回去了.
去看看吧！

第6話

後巷

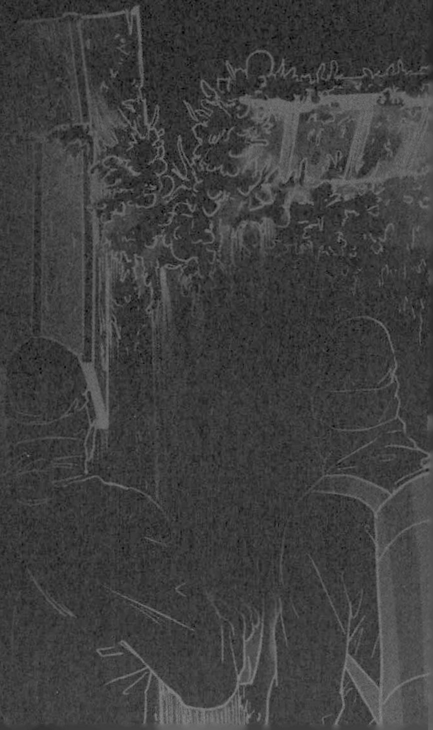

靠！好多蚊子！
癢死了！
原來如此……旁邊的山坡可以通到後面啊……
總算順利繞過那些白衣人了。

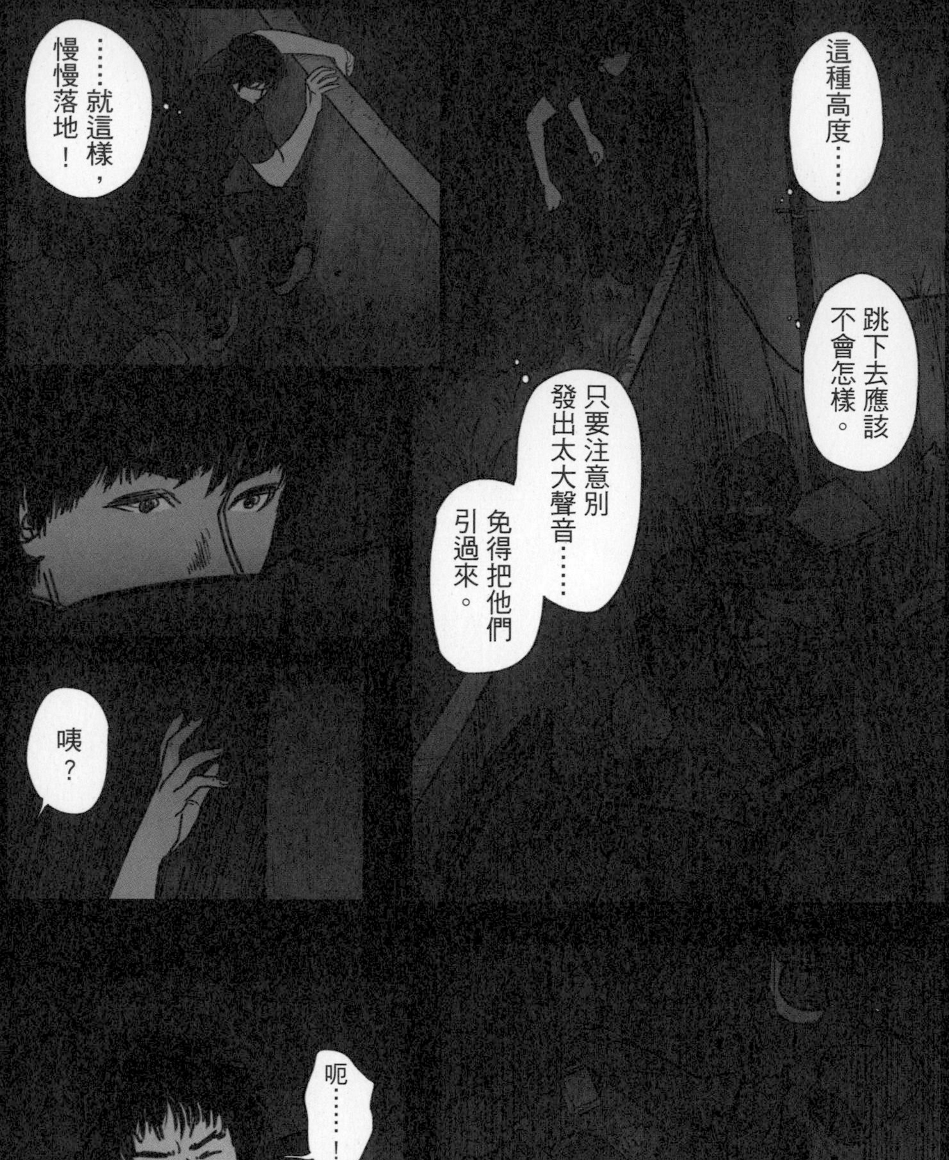
這種高度……
跳下去應該不會怎樣。
只要注意別發出太大聲音……
免得把他們引過來。
……就這樣，慢慢落地！
咦？
呃……！

糟了……被聽到了嗎？
沒有動靜。
好險！
奇怪……剛剛為什麼突然暈了一下？
好像有點發燒……該不會感冒了吧？
可能是太累了。
唔！又是那股霉味……
還有濕氣……
我應該快到了。

哇！
……
是那些白衣人？
小心點啊！
這次的檢體體內，幾乎都被菌絲佔滿，所以會出現反常行為。
嗚哇！好噁心！
這算小意思了！
等菌絲數量達到一定程度之後，還會從宿主開口部位衝出形成菌座，那才叫噁心！
那……不就是冬蟲夏草的翻版？
更糟！這是擬寄生物的標準模式，但是沒有特定宿主，連溫血動物也會受害！

以前從沒聽說有這種案例！
總之快點噴一噴走人吧！
這裡讓人不舒服！
嘶
！
靠！
剛剛太暗沒注意到，牆壁上竟然長了這些東西……
記得小胖家也是這樣……
看來我沒猜錯，果然有關聯！
哇噻！
蔓延到這種程度也太……

這個地區好像最嚴重，
墜落的那個人……是不是就住這一棟？
……
別問那麼多了，幹活吧！
我聽說那個人的房間沒有找到傳染源，
要是還在外面亂跑的話，
那……
別亂說！飼主都已經病發了，
寵物一定早就死了！
……
他們在說的人……
難道是小胖？
小胖的寵物那隻蜘蛛……
是傳染源？

RRRRRRR
糟糕！
怎麼偏偏在這時候……
RRRRRRRRR
誰在那裡!?
小菁？
嘖！

呼
呼
呼
別跑！
呼
呼
！
呃……
原來的路在哪裡？
呼
已經搞不清方向了！

可惡！頭好暈……
……
再這樣下去一定會被追上！
必須想個辦法……
呼
呼
要是被他們帶走或許就回不來了！
!!
糟了！
噠噠噠噠噠
噠噠噠噠噠

！
喂，你！別跑！
跟我們回去治療！
喂！上頭交代這消息不能走漏，
還不快追上去！
咦？可是……
把裝備脫了！
這要怎麼爬啊……
還不快點！他要逃走了！
我怕防護衣弄破啊……

啊！
慘了！過不去！
這距離有點遠，萬一沒跳好……
可惡，我不想被帶走！
怎麼辦，要跳嗎？
危險！快退回來！
你跑不掉了！放棄吧！
……
不管了、豁出去！

喂……
哈哈！

……
靠！
他跳過去了！
……
呼……
應該甩掉
他們了吧？
回去吧，
似乎真的感冒了，
好不舒服……

好痛啊……輕一點啦！
到底去哪弄成這樣的？
都感冒了還亂跑！小胖沒跟你一起？
嗯……
他到底找你去做什麼？
這……一時也說不清楚……
他或許是想求救吧……
嗯？
!!

放著不管也不是辦法吧？
可是……拔的時候有多痛妳知道嗎？
我可不想再受一次罪。
再拖下去，就沒有挽回的餘地了。
……
唉，好吧。
也該做個了斷了。
好燙！
忍耐一下，快好了。

沙沙沙
等等，妳聽到了嗎？
沙沙
沙沙沙
這聲音好像在哪聽過……
對了、跟那時候在阿北店裡一樣！
沙沙沙沙
被寄生的動物突然變得很激動……
難道跟這些真菌有關？
沙沙
有聲音嗎？
我什麼也沒聽到……
唔唔……
奇怪……
突然頭暈起來……
而且……

好癢！
感覺身體裡爬滿了小蟲……
窸窸窣窣
!!
手……不聽使喚！
窸窸窣窣
你還好嗎？
呀！
好痛！
你別這樣！
阿正！
呀啊啊啊啊啊

唔喔喔喔喔喔喔
是夢。
呼
呼
呼
嚇死我了！
阿正，
我好像不太對勁，
你可以幫我看一下嗎？
我的臉……好痛好癢，
眼睛也不舒服，好像突然看不到了。
我到底怎麼了？

……
搞屁啊……
竟然是夢中夢……
你醒了啊，感覺好點了嗎？
妳怎麼在這裡？
我不是叫妳回去了嗎？
我又回來了啊，
你昨天那個樣子很讓人擔心耶。

不行不行、妳趕快走！
待在這裡太危險了！
到底怎麼了？？是因為手嗎？？
咦？
你昨天看到自己的手之後，
嚇了一大跳吧？
馬上就慌慌張張的把我趕走。
出了什麼事？
不能告訴我嗎？我想幫你呀！
這……
叮咚
碰碰碰
同學，你在家吧？
麻煩開門一下。

誰、誰呀？
這裡是疾病管制署，
你的學校有人罹患傳染病。
為了避免擴大感染，
我們有一些問題想請問你。
我是疾病管制署疫情中心組長，
敝姓李。
日前我們接獲一起傳染病疑似通報，
經過查證，病患是你們的同學。
所以我們正在逐一訪問他可能接觸過的對象。

請問……是什麼樣的傳染病？
很嚴重嗎？
手好痛……
只是疑似案例罷了，這個部分我們很快就會釐清。
所以兩位不需要恐慌。
你們說的病患……是誰？
喔、對了……
是這位。
小胖!?
他還好嗎？
他沒事！目前正在特殊醫院接受妥善照顧。
不用擔心。

那就好……
咳
他在說謊！
政府果然在隱瞞什麼……
白衣人明明說小胖死了。
對了！我好像看過這個人……
好了，言歸正傳。
你跟這位同學的交情如何？
有經常往來嗎？
……我偶爾會去他那邊聊天。
不過，最近比較少碰面。
大概一個禮拜了吧。
錯不了……他那天也在小胖公寓前面！
白衣人說的上司，指的難道是他？
這個人……不能信任！
……

所以，你也不知道他缺課近一個禮拜了嗎？
這個……他本來就滿常蹺課的，
所以沒特別在意……
喂！
你別亂翻好嗎？
啊，不好意思，這是職業病。
老張，不要看了！
歹勢。
好了，最後一個問題。
你的手傷怎麼來的？
呃、這是……

跌倒！
只是擦傷而已。
……這樣啊
我明白了，謝謝兩位的配合。
告辭。
對了，有件事要告訴你。
我們是依照通聯紀錄在查訪。
後會有期。

呼……
阿正，你為什麼要對他們說謊？
明明昨天才見過小胖……
小胖死了。
……咦？
我親眼看到他從四樓摔下去，
什麼特殊醫院，都是騙人的！
小胖他……是被一種真菌寄生了，
症狀……
就是這樣。
……

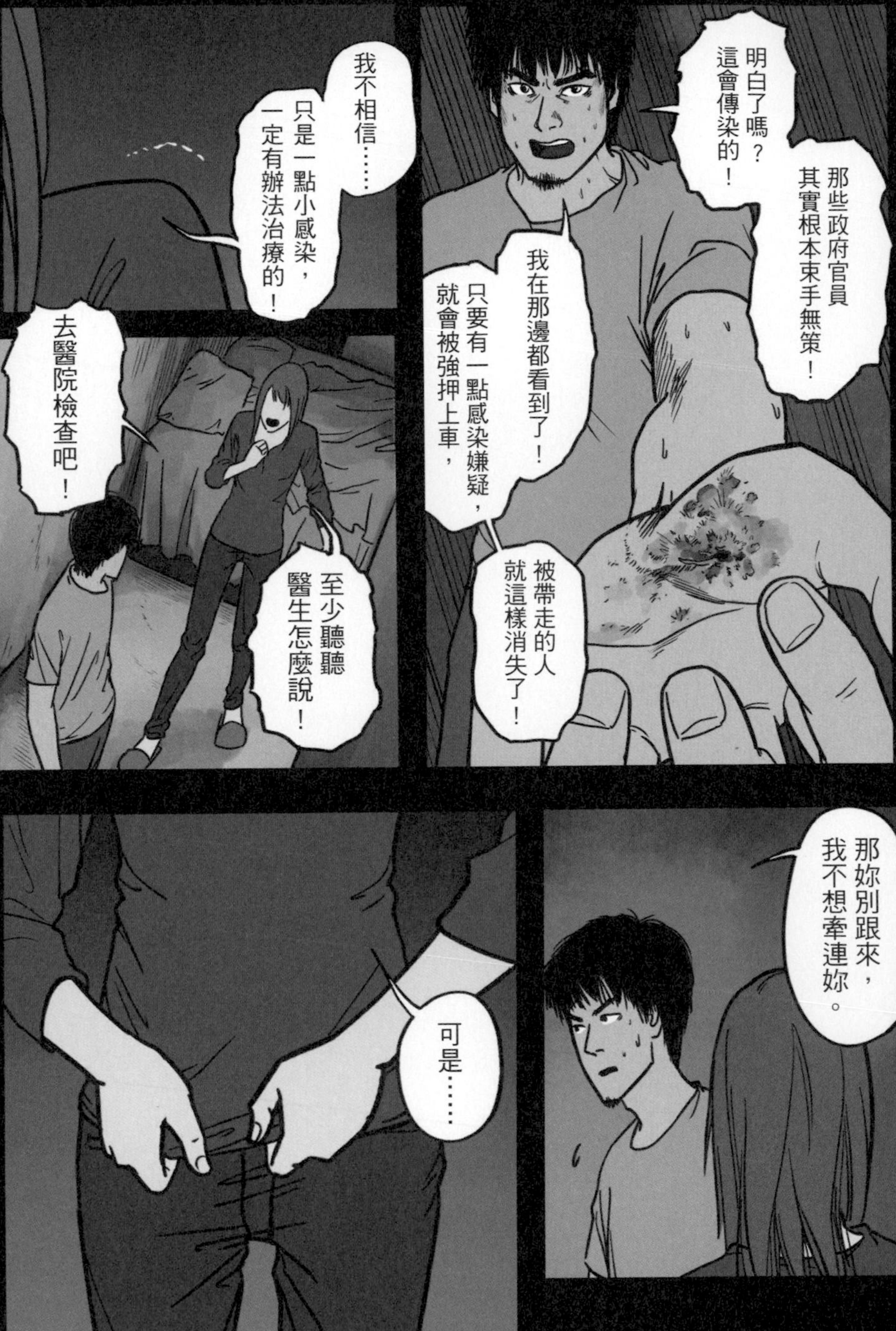
明白了嗎？這會傳染的！
那些政府官員其實根本束手無策！
我在那邊都看到了！
只要有一點感染嫌疑，就會被強押上車，
被帶走的人就這樣消失了！
我不相信……
只是一點小感染，一定有辦法治療的！
去醫院檢查吧！
至少聽聽醫生怎麼說！
那妳別跟來，我不想牽連妳。
可是……

第7話

逃亡

皮膚科
Dermatology
唔……
好難過……
別抓了，會破皮的。再忍耐一下。
咳
嗚……
癢死了……
怎麼了，還冷嗎？我再去要毯子，你等一下。
……

跟夢裡一樣，我的手……
真的很不妙！
再這樣下去，絕對會步上小胖後塵！
我完蛋了嗎？
那小菁又該怎麼辦？
不能讓她跟著我等死！
可惡……到頭來……
最害怕的事還是發生了……
都怪我……
醫生真的有辦法治療嗎？
那政府又何必把人隔離……
1診
皮膚科1診
難道阿北弄錯了？
啊，到我們了。

你說手怎麼樣？感染到真菌？
年輕人，放鬆一點！
真菌又不是絕症！來，我看看。
嗯，這個有點嚴重喔……
你怎麼到現在才來？
總之先把紗布剪開來看看吧。
咳咳
喀嚓
喀嚓
……
好啦。
!?

兩位稍等一下！
咦？
唰
……
……
……？
醫生好像也嚇到了？
癢死了……

……明白嗎？快去吧。
醫生，怎麼回事？我手上長的東西很嚴重嗎？
啊，你的狀況是比較特殊一點！
很少看到有人感染到這種程度才來就醫。
不過沒關係，用強一點的藥就好了。
只是會有些副作用。
太好了……
醫生，所以這是能治好的？
當、當然囉！
你們不用擔心，我那麼多年經驗了，一看就知道！
那麼……
這段時間傷口不要碰到水……
每天早晚……

那個醫生怪怪的。
咳
什麼意思？
他的樣子很不對勁，
應該有話沒說。
妳感冒了？
咳咳咳！
大概吧，喉嚨很癢……
總之，我看過小胖的樣子，
那絕對不是普通的感染！

我們走吧。
什麼？要走了？
我不想待了，醫生那樣鬼鬼祟祟的。
不曉得在打什麼主意。
既然他在騙人，拿他的藥也沒用吧。
而且……
我真的不相信這只是普通的真菌感染。

收到通報了，組長。
那兩個人正在醫院皮膚科看診，
我們要現在過去逮人嗎？
當然。
這小子還想欺騙我們！
他是死者最後聯繫的人，
這個通聯紀錄一查就知道了。
小孩子就是天真。

房間有什麼發現嗎？
沒有，沒看到感染跡象……
傳染源也沒發現。
組長，你懷疑……
是這個小子把東西拿走了？
不排除有這個可能。
所有疑似跟死者接觸過的對象，
都要徹底調查。
特別是這個人……
手包成那樣，看來病得不輕。
但是反應卻很古怪。
是呀，感染者一般都會主動向外求助。
或許他已經聽到傳言了？

如果是這樣，他的嫌疑就更大了……
全人照護 追求卓越 市民健康
他們應該已經被安排到領藥櫃檯了。
有了醫生的確診，就可以強制隔離。
這次他們別想跑！

咦？
阿正，你看那邊。
喂！
站住！
不妙！
啊！
快閃！他想抓我們！
別跑！
嘖！
你幹什麼！

喂！你們……
上計程車！
急診室
!

阿正，為什麼要跑？
再怎麼說他們也是政府的人，
應該不會害我們才對吧？
我不知道他們會怎麼處理病患。
不行，
萬一真的被隔離等死，不就玩完了？
這些是誰跟你說的？
咳咳
那他……沒有被傳染？
小胖的鄰居，其他人都被抓走了。
……

對了……阿北看起來好像沒事，
明明住的地方跟店裡都……
！
怎麼……

阿北的店……
竟然變成這樣……
是意外嗎？還是……
縱火？
嚇
不可能吧，做到這種程度也太誇張了……
阿正，你看……
有人進去過？
是阿北嗎？不曉得他人怎麼樣？
我到裡面看一下，妳待在這。
嗚哇！焦味好重……
臭死了……

怎麼了？
喔……
！
好陰森……
沙
沒事，味道有點嗆……
奇怪？又來了……
沙
沙
是我，你在裡面嗎？
！
阿北？

不會是警察吧？
嚇我一跳！不是叫妳別跟來！
……

是你。
不錯嘛，沒有被抓到。
咦？
你在說什麼？我們有見過嗎？
你……快到二了喔。
哪裡感染的？
什麼？
那個胖子家嗎？
等等，你是誰啊？
早期的感染，還可以用兩性黴素B之類的抑制住。
雖然只能延緩，但是不做任何治療的話……

很快，你的傷口會開始潰爛發炎、
皮疹擴散全身。
還記得胖子的模樣嗎？
他是三。
身體已經被改造成非常適合真菌繁殖的環境。
你……
各種伺機性真菌病，以及原本不存在於人體的菌種……
基本上就是一個活動培養基。
說到這裡，
明白自己大難臨頭了嗎？
你是疾病管制署的人嗎？為什麼連小胖的事都知道？
哼！
我開始研究這個真菌的時候，
疾管署的人還不知道在幹嘛呢！

你的朋友小胖……
他不願接受我的幫助，最後落到那種下場。
你們……不想跟他一樣吧？
懂了嗎？
跟我合作才有活命的機會！
逃跑只會讓自己死得更快。
……真的？
阿正！
這個人太奇怪了，不能相信他！
你們要去找疾管署我也不反對。
不過，最好先看看這個。
這是內部實驗紀錄，
裡面的人你應該會覺得很眼熟。
……對象為3號病患。

與其他病例不同，子實體長出之後，3號仍保有生命跡象
懷疑有突變的情況。
現在準備進行檢體採樣。
嗚嗚嗚嗚嗚嗚嗚
嗯？
嗚嗚嗚嗚嗚嗚嗚嗚嗚嗚嗚

嗚嗚嗚嗚嗚嗚嗚
為了觀察感染過程，他們任你朋友身上的真菌自行繁衍，
最終變成了這副模樣。
這就是疾管署對待病患的方式。
如何？還想投靠他們嗎？
喂！看著啊！
這就是你們未來的樣子。
不想了解嗎？

夠了！
……阿正，他講的是真的嗎？
你說被小胖傳染，指的就是這個？
……
是嗎……
所以我們……也會變成那樣……
小菁……
對不起，一直沒有好好跟妳說……
我以為這樣就不會把妳捲進來……

……沒時間玩小情小愛了，
你們不如儘早認清事實吧！
再拖下去不但沒好處，
等體內真菌的傳染性變強，
還會危害到其他人喔！
咳咳
你要我們跟你合作……
是當你的實驗品嗎？
那不就跟小胖一樣？
放心，我不會對你們那樣的。
自己看吧。
在最後一次的實驗中，
我的藥物已經能有效抑制菌絲生長，
並使大部分真菌細胞死亡。

換句話說——就是解藥！
！
你已經在做人體實驗了？
這個人……狀況穩定嗎？
這個嘛……
他好得很。

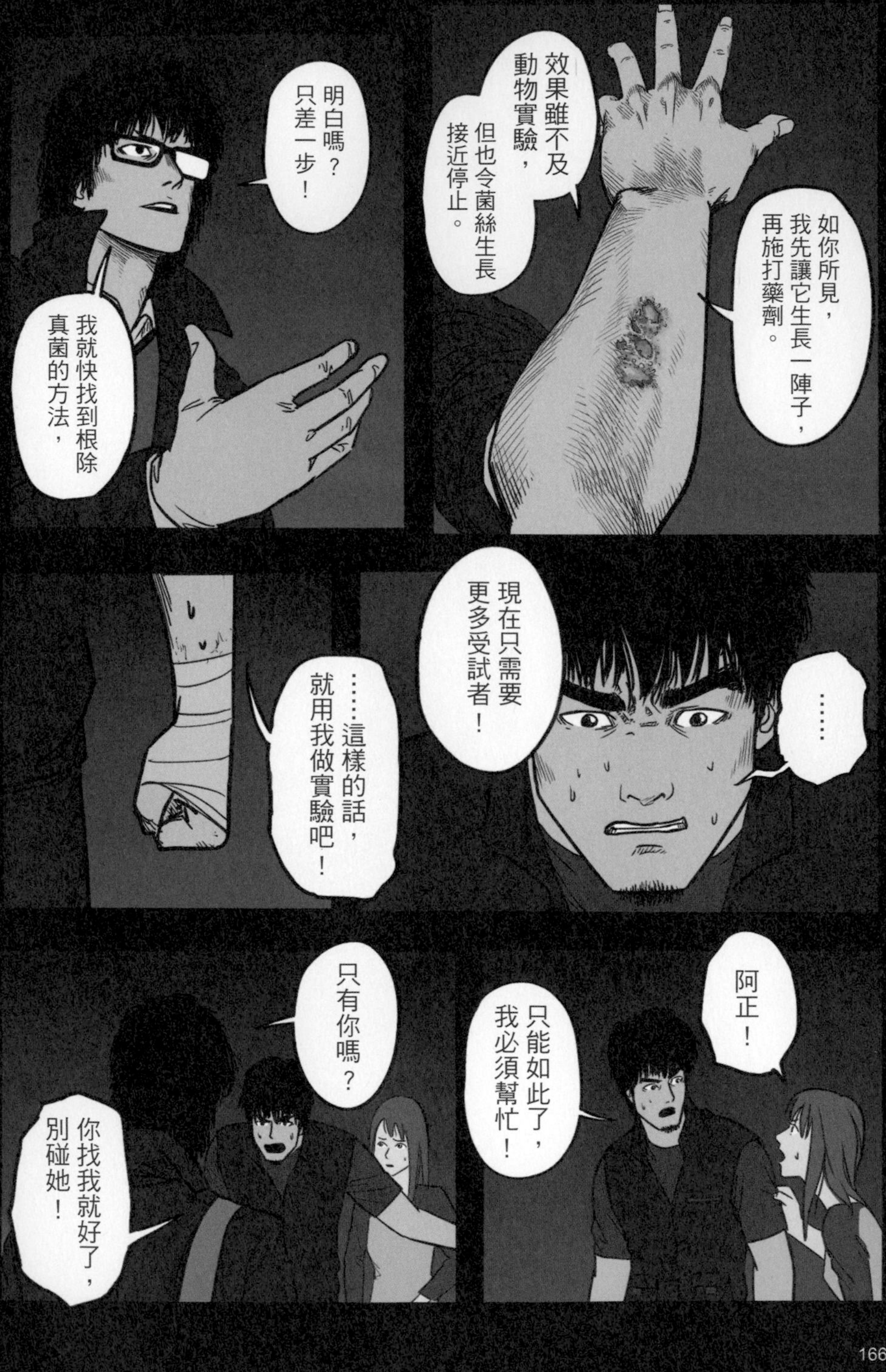
如你所見，我先讓它生長一陣子，再施打藥劑。
效果雖不及動物實驗，但也令菌絲生長接近停止。
明白嗎？只差一步！
我就快找到根除真菌的方法，
……
現在只需要更多受試者！
……這樣的話，就用我做實驗吧！
阿正！
只能如此了，我必須幫忙！
只有你嗎？
你找我就好了，別碰她！

以你們的接觸程度，她不可能沒事的。
身上什麼地方應該開始不對勁了吧？
現在不讓我處理的話，
等到變嚴重了，會很棘手喔！
……
我無法信任他……
我知道，但我們需要他的幫忙，
至少在這段時間不要惡化……
我們……
想讓你看看這個……

第8話

救星

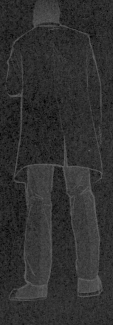

……
一直繞……
到底要帶我們去哪啊？

別抓了！你都流血了！
啊……怪不得好像涼涼的……
說不定我會跟小胖一樣……我快癢死了……
不要說這種話！
就在前面了，快點跟上。
等一下，別走那麼快！
等等我們！

……
嘶
這地方太奇怪了……
……下去吧。
……

啊
這罐拿去擦肚子。
這裡是……
我以為你會帶我們去實驗室之類的地方……
準備好了就跟我來。
咦？
什麼？不是到了嗎？
喂
你別一直走啊！

記得洗手。
咦？
行政院衛生署疾病管制局
小菁？
那不是……
啪
啪啪

那麼，趕緊開始吧。
……
紗布剪開的時候小心一點。
嘰
……
奇怪……左手好像有點僵硬……
難道是惡化了？

咻
喀喀喀
！
吱——
喀喀
吱吱——
喀喀喀喀
……
阿正！
好痛……
怎麼……？
唔唔……

幹得不錯，兒子。
這個研究項目已經得到國際重視，
可以進行下一步了。
謝謝，不過還有地方要修正……
我希望能讓實驗更完整。
你是說那個瓶頸嗎？
要不要讓小李來支援？
不用！我就要試出來了，
很快，我保證！
好，那你就放手去做吧！
我相信你。

!
他怎麼樣？
咳
好多了，剛剛睡著……

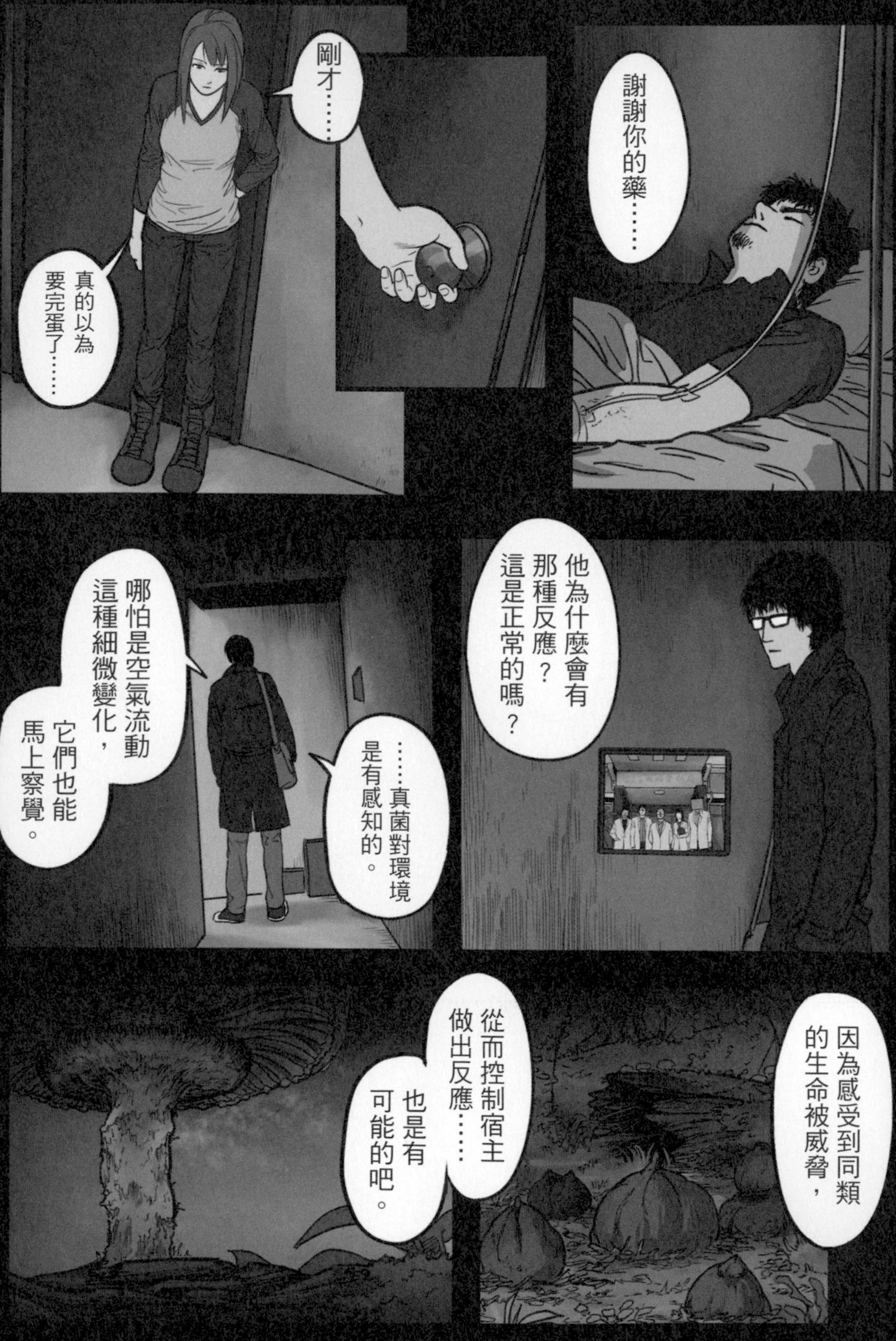
謝謝你的藥……
剛才……
真的以為要完蛋了……
他為什麼會有那種反應？這是正常的嗎？
……真菌對環境是有感知的。
哪怕是空氣流動這種細微變化，它們也能馬上察覺。
因為感受到同類的生命被威脅，
從而控制宿主做出反應……
也是有可能的吧。

我也碰過一兩次這種狀況……
在實驗初期，
咳
那都是發生在感染較嚴重的實驗體身上。
所以有可能是發展程度的關係。
但也不排除變異的可能性。
這些真菌細胞與人體的細胞相似度提高了。
經過幾次的突變，
這大幅增加了研發疫苗的難度。
它們也是很頑強的在求生存呢。
既然如此，
為什麼不跟疾管署合作？

我不需要他們。
為什麼？
咳咳
你不也曾經是他們的一員？
那張照片……
……妳還是先擔心自己吧。
如果不是經由傷口、
而是肺部之類的地方感染的話，
菌絲會在妳體內蔓延，
這過程外表是看不出來的。
等到出現其他症狀的那一天，
妳也回天乏術了。
……

疫苗實驗又失敗了，一個都沒活下來。
還有，李組長認為那兩個人有重大牽涉，
所以還在找他們。
去他的組長！

我感覺最近好多了……
真是多虧有你……王醫生……
我不是醫生。
呵……
我知道……
嘿嘿……你比醫生還神哩……
讓一個癌末病人起死回生……
你說這是……開發中的新藥？
是啊，所以才需要人體實驗。
那麼……結果滿意嗎？
還沒完呢。
是嗎？我是很滿意啦……
跟你說，我昨天甚至可以自己坐起來了……

對著鏡頭說吧。
別急。
這是什麼？

SM216286的實驗紀錄……
用人體？
你瘋了嗎？
我們還不確定這種化合物會對人產生什麼影響、
你竟然私自進行人體實驗！
連申請核准都沒有！
你想過被發現的話會有什麼後果嗎？
可是……
現在已經沒時間跑流程了，
我必須立刻取得數據！
這樣才能跟我們的研究項目銜接上……
你不用想了。
呃？

我已經把你從團隊中除名，
接下來由小李接手！
你留下的爛攤子，他會去收拾，
非法實驗的事情也會壓下來，
這件事就到此為止！
但是……只差一劑啊！
若成功的話，這可是重大突破……
住口！
你這次的行為……太超過了！
……為什麼不讓我完成？
不是相信我嗎？

不要再說了。
滾出去！
現在感覺好多了。
生福利部疾病管制
Centers for Disease Control

……什麼？
自從開始用藥以後，手已經沒那麼癢了。
僵硬感也差不多消失……
是嗎？
看來，最多也只能到這樣了……
咦？
實驗體6號、19號、32號、54號。
因為體內菌株發生突變，
對疫苗的感受性降低。

導致程度不一的持續惡化，
甚至死亡。
這兩天，你的症狀看似減緩。
那只是因為持續注射抗真菌藥的關係。
你也一樣。
實際上感染部位並沒有好轉跡象，
皮疹也在緩慢擴大中。
這樣看來……
還是必須找到你的感染源才行！

刺角
下 End
下集預告——
真菌蔓延，社會全面失控，
唯一的解藥，只握在「他」的手上……

FUN系列 035

刺角 上

作　者—黃踹
主　編—陳信宏
責任編輯—尹蘊雯
責任企畫—曾俊凱
美術協力—FE設計 葉馥儀
書名設計—腦產出實體計劃
董事長—趙政岷
總經理
總編輯—李采洪
出版者—時報文化出版企業股份有限公司
一〇八〇三 臺北市和平西路三段二四〇號三樓
發行專線：（〇二）二三〇六六八四二
讀者服務專線：〇八〇〇二三一七〇五．（〇二）二三〇四七一〇三
讀者服務傳真：（〇二）二三〇四六八五八
郵撥：一九三四四七二四 時報文化出版公司
信箱：臺北郵政七九～九九信箱
時報悅讀網—http://www.readingtimes.com.tw
電子郵件信箱—newlife@readingtimes.com.tw
時報出版愛讀者粉絲團—http://www.facebook.com/readingtimes.2
法律顧問—理律法律事務所 陳長文律師、李念祖律師
印　刷—詠豐印刷有限公司
初版一刷—二〇一七年五月十九日
定　價—新台幣三〇〇元
（若有缺頁或破損，請寄回更換）

時報文化出版公司成立於一九七五年，
一九九九年股票上櫃公開發行，二〇〇八年脫離中時集團非屬旺
中，以「尊重智慧與創意的文化事業」為信念。

國家圖書館出版品預行編目(CIP)資料

刺角【上】/黃踹 著;
-- 初版. -- 臺北市：時報文化, 2017.05
面；　公分. -- (FUN；035)

ISBN 978-957-13-6947-1 (平裝)

859.6　　106003034

ISBN：978-957-13-6947-1
Printed in Taiwan

comico
《刺角》（黃踹／著）之內容同步於comico線上連載。
（www.comico.com.tw）©黃踹／NHN TAIWAN Corp.